Atme Amrum

NORDSEE KÄLTE

Die Küsten-Kommissare

Das ist ein Kriminalroman und somit reine Fiktion. Sämtliche Personen und deren Handlungen sind frei erfunden. Ähnlichkeiten mit tatsächlich lebenden oder toten Personen (inklusive zufälliger Namensgleichheiten) und/oder Ereignissen sind nicht beabsichtigt und wären rein zufällig.

An dieser Stelle versichere ich, die Autorin, für die Darstellung und Erwähnung diverser gastronomischer, kultureller und touristischer Einrichtungen oder für die Verwendung von Markenbezeichnungen in diesem Buch keine Bezahlung oder anderweitige Zuwendung erhalten zu haben.

Aus dieser Reihe bisher erschienen:

Teil 1: "Nordsee Mord"
Teil 2: "Nordsee Hass"
Teil 3: "Nordsee Leid"
Teil 4: "Nordsee Gier"
Teil 5: "Nordsee Opfer"
Teil 6: "Nordsee Feuer"
Teil 7: "Nordsee Magd"
Teil 8: "Nordsee Lüge"
Teil 9: "Nordsee Spiel"
Teil 10: "Nordsee Angst"
Teil 11: "Nordsee Kälte"

Copyright © 2022 Anne Amrum

Alle Rechte vorbehalten.

ISBN: 9798355333386

Imprint: Independently published

*Der Zorn ist der Beginn
des Wahnsinns*

Marcus Tullius Cicero

1

Entsetzt bleibt sie mitten im Vorgarten stehen und starrt ihre Haustür an. *MÖRDERHURE VERRECKE!* steht quer über das grün lackierte Holz geschrieben. In großen blutroten Lettern.
Das Herz schlägt ihr bis zum Hals. Jemand war in ihrem Vorgarten, an ihrer Tür. Jemand, der sie hasst. Aber warum? Sie hat niemandem etwas getan. Niemals.
In Gedanken verflucht sie ihren Vermieter, der das kaputte Schloss des Gartentors nie repariert hat. Obwohl es bloß hüfthoch ist, hätte sie trotzdem ein besseres Gefühl, wenn sie es abschließen könnte.
Sie sperrt die Haustür auf und erschrickt. Eine zähe, klebrige Flüssigkeit bedeckt den Boden, wie Honig, nur heller. Offenbar hat jemand sie vor der Tür ausgeleert und sie ist durch den Türspalt ins Innere des Hauses gelaufen.
Sie hat es nicht bemerkt und nun stecken ihre Stiefel darin fest.
Tränen steigen ihr in die Augen.
Nach all den stundenlangen Verhören, die gleichermaßen ermüdend wie demütigend waren, will

sie nur noch ins Bett. Die Sicherheit ihrer eigenen vier Wände spüren, einen Tee trinken und sich mit einem guten Buch ablenken.

Doch die bedrohliche Schmiererei an der Tür kann und will sie nicht ignorieren, ebenso wenig wie die klebrige Pfütze auf dem Boden.

Sie lässt warmes Wasser in einen Eimer laufen, gibt reichlich Schmierseife hinzu und macht sich mit einem Schwamm an die Arbeit. Mehr als zehn Mal muss sie das Wasser wechseln, bis der Boden wieder sauber ist.

Mit der Tür hat sie weniger Glück. Obwohl sie mit aller Kraft schrubbt, wird die Farbe nicht blasser. Es handelt sich offenbar um wasserresistenten Lack, gegen den die Schmierseife nicht das Geringste ausrichten kann. MÖRDERHURE VERRECKE, wie niederträchtig!

Erschöpft streicht sie sich die Haare aus dem Gesicht, als plötzlich ein Stein an ihrem Ohr vorbeisaust und gegen die Tür kracht. Vor Schreck zuckt sie zusammen. Als sie sich erschrocken umdreht, trifft sie der nächste Stein über dem rechten Auge.

Vor Schmerz schreit sie auf. Die beiden dunklen Gestalten hinter dem Zaun bücken sich nach weiteren Steinen.

Sie beeilt sich, ins Haus hineinzukommen und verriegelt die Tür hinter sich. Zitternd vor Angst läuft sie ins Badezimmer, um die Wunde im Spiegel betrachten zu können.

Die Haut über dem Auge ist aufgeplatzt, Blut rinnt in einem dünnen Bächlein heraus. Sie nimmt ein zusammengefaltetes Handtuch und presst es auf die Wunde.

Ob sie die Polizei rufen soll?

Bloß nicht. Am Ende ist doch nur wieder sie schuld. Es wird besser sein, wenn sie morgen einfach zum Arzt geht. Dann kann sie auch gleich etwas besorgen, um die Tür zu reinigen.

Ein schreckliches Klirren, gefolgt von einem lauten Gerumpel, lässt sie erneut zusammenzucken. Panisch huscht sie ins Wohnzimmer. Die Couch ist voller Scherben und der eiskalte Wind bläst unbarmherzig herein. Mitten im Raum liegt ein Ziegelstein.

»Wir kriegen dich, du Sau!«, schreit jemand und ein anderer lacht.

»Wir treiben dich raus, wie eine Ratte!«

Ihr Herz rast nun vor Angst und sie kann kaum noch klar denken. Bloß eines weiß sie, nun muss sie doch die Polizei rufen.

Aus Furcht, gesehen zu werden, kriecht sie auf allen vieren zum Telefon und zieht die Visitenkarte, die ihr der Hauptkommissar am Ende der Vernehmung gab, aus der Jackentasche. Ihre Finger wollen vor Aufregung kaum noch gehorchen, aber beim zweiten Anlauf schafft sie es, die Nummer einzutippen.

Nun ist sie erleichtert, die strenge sonore Stimme des Hauptkommissars zu hören, die ihr bei den zermürbenden Verhören unter die Haut ging.

Während sie panisch um Hilfe fleht, schlägt der nächste Ziegelstein in ihrem Wohnzimmer ein. Er hat die Vase, die am Couchtisch stand, getroffen.

»Bitte beeilen Sie sich, kommen Sie schnell«, weint sie ins Telefon. Mit ihren zitternden Händen kann sie kaum den Hörer halten.

Der Hauptkommissar verspricht es ihr, doch kaum legt sie auf, sieht sie sich einer neuen Bedrohung ausgesetzt. Flammen züngeln an ihrem kaputten

Fenster hoch und tauchen den Raum in ein gespenstisch orangefarbenes Licht.
»Feuer«, flüstert sie mit erstickter Stimme. »Mein Haus brennt.«
Mit beiden Händen umfasst sie nun ihr kleines Bäuchlein, das noch kaum zu erkennen ist, und presst sich an die Wand. Wie paralysiert starrt sie auf die Flammenhölle, die einmal ihr Wohnzimmer gewesen ist.

ZWANZIG JAHRE SPÄTER

2

Der Raum ist trist. Ein einfacher Tisch aus grauem Metall. Zweckmäßig. Die Platte soll Holz vortäuschen, doch das Furnier ist dünn. Ausgeblichen und abgewetzt. Auf Vorhänge wurde verzichtet. Stattdessen Gitter vor den Fenstern. In dunklem Grau. Vier Stühle. Ebenfalls aus Metall, mit dünner Holzplatte. Nun, so viele würden sie nicht brauchen. Sie würde ohnehin lieber stehen. Die Arme vor der Brust verschränkt, spürt sie, wie ihr das Herz bis zum Hals schlägt. Ihre Lippen sind trocken und sie fröstelt. Die Geräusche hier drinnen machen sie völlig kirre. Überall ist Lärm. Schritte und Rufe hallen durch die Gänge und ständig werden irgendwelche Türen geräuschvoll geöffnet oder geschlossen. Überlagert wird dieser bedrohliche Grundlärm von einem permanenten Summen und Surren.

Wieder Schritte. Wieder ein Summen. Diesmal ganz nah. Es kommt von der Tür zu diesem Raum, die sich kurz darauf öffnet.

Und plötzlich steht er vor ihr. Groß, mit einem

dunklen Teint, der nichts mit Sonnenbräune zu tun hat. In einem grauen T-Shirt, das ihm über die fleckige braune Hose hängt. Seine Augen, die beinahe schwarz sind, mustern sie auf eine seltsam desinteressierte Art. Nervös streicht sie sich über die Unterarme. Der Beamte, der ihn begleitet, bleibt an der Tür stehen und sorgt dafür, dass sie sich wieder schließt.

Plötzlich hat sie einen Kloß im Hals. Sie möchte so gern etwas sagen. Tagelang hat sie sich etwas zurechtgelegt, doch jetzt kommt nur ein Hüsteln heraus.

Er steht so nah vor ihr. Instinktiv weicht sie hinter den Tisch zurück.

»Setzen«, verlangt der Beamte und sie gehorcht ebenso wie er.

Sie sitzen nun einander gegenüber und sie kann das Misstrauen in seinen dunklen Augen sehen. Sein Blick tastet sie ab, mustert jeden Zentimeter ihres Körpers.

Krampfhaft presst sie ihre Hände ineinander. Quetscht die Finger, um dem Druck standzuhalten, der sie um den Verstand bringt. Das Pochen ihres Herzens dröhnt in ihren Ohren.

»Ich gebe keine Interviews«, sagt er und seine Stimme wirkt feindselig.

»Äh . . . nein . . . ich . . . «, beginnt sie zu stottern. Auf den Text, den sie wieder und wieder geübt hat, hat sie keinen Zugriff mehr. Er ist weg. Abgeschnitten vom Rest ihres Gehirns.

»Milo Asani?«, ist alles, was sie mit zitternder Stimme herausbringt.

»Ja. Was wollen Sie?«

Tapfer nimmt sie all ihren Mut zusammen und sieht ihm in die Augen.

»Ich bin Maren. Maren Jakobsen.«
»Das hat man mir gesagt. Aber was Sie von mir wollen, weiß ich nicht.«
Plötzlich beugt er sich vor und sieht sie so eindringlich an, dass sie ängstlich mitsamt dem Stuhl zurückweicht.
Der Beamte reagiert sofort.
»Ganz ruhig.« Er legt dem großen dunkelhaarigen Mann eine Hand auf die Schulter.
Widerwillig schüttelt Asani sie ab. Er hat nur noch Augen für die junge Frau.
»Ich kenne dein Gesicht.«
Maren nickt bloß. Sie kämpft gegen die Panik an, die in ihr hochsteigt.
»Du hast ihre Augen. Nur dunkel. So wie meine.«
»Ja.« Sie kann nichts dagegen tun, dass selbige sich nun mit Tränen füllen.
»Wie alt bist du?«
»Zwanzig.«
Er sieht sie an, doch sein Blick verfängt sich nicht in ihrem. Vielmehr geht er durch sie hindurch. Seine Augen schimmern plötzlich auf eine Art, die sie nicht deuten kann.
Sie wartet, hofft, dass er etwas sagt. Irgendetwas. Aber er bleibt stumm. Ohne jede Verlegenheit wischt er sich eine Träne aus dem Augenwinkel.
»Weiß sie, dass du hier bist?« Seine Stimme ist nun verändert. Sie klingt heiser. Unsicher.
»Nein.«
Maren zieht kräftig durch die Nase hoch und beißt sich auf die Lippen. Sie schauen einander an. Wortlos. Die Stille lähmt ihre Gedanken. Sie wollte so viel sagen, hatte so viele Fragen, und nun sitzt sie da wie ein

verstörtes, hilfloses Kind. Sie wendet ihren Blick ab.

»Sie wird es nicht gutheißen«, bricht er schließlich das Schweigen.

»Das mag sein«, sagt sie. Ihre Stimme klingt rau und verletzlich, fremd für die eigenen Ohren. »Aber das spielt keine Rolle mehr. Sie ist tot.«

ZWEI MONATE SPÄTER

3

In ihrer Verzweiflung zerreißt sie das Papier, knüllt es zu einem Knäuel zusammen und schleudert es in den Korb, der in der Ecke steht. Er ist schon recht voll. Dies war nicht der erste Versuch, ihr Anliegen zu Papier zu bringen. Dieser Brief will einfach nicht gelingen. Seit drei Tagen versucht sie, die wichtigste Botschaft ihres Lebens so zu formulieren, dass sie auch angenommen wird. Warum muss sie sich ausgerechnet hierbei als völlig unfähig erweisen?

Ihr Blick fällt auf die Zeitung, die vor ihr liegt. Die Ausgabe ist schon einige Wochen alt, sie hat sie bloß wegen eines Artikels aufgehoben – ein Interview mit Oberkommissarin Sophie Meerkatz, nach dem erfolgreich aufgeklärten Mord an einer jungen Künstlerin. Sie spricht darin über ihren Job, der sehr fordernd sein kann und streicht heraus, dass sie sich der Wahrheit verpflichtet fühlt. Der Wahrheit und der Gerechtigkeit.

Das klingt nach Hoffnung. Diese Aussagen geben Maren das sichere Gefühl, dass dort draußen ein Mensch ist, dem ihr Schicksal nicht egal ist. Weil die

Wahrheit etwas ist, das zählt.

Sie zieht ihr Haarband ab und streicht über ihr langes Haar. Wieder und wieder, bis es sich ganz glatt anfühlt. Glatt und seidig.

Sie muss das hier hinkriegen. Egal, wie lange es dauert. Egal, wie viele Versuche nötig sind. Es muss einfach klappen.

Wenn sie Geld hätte, würde sie jetzt einen Anwalt beauftragen. Ihm alles übergeben und ihn machen lassen. Aber das hat sie nicht. Ihr Einkommen reicht kaum für ihr Studium, gegen Ende des Monats wird es oft mit dem Essen knapp. Nein, sie muss es allein hinkriegen.

Frisch motiviert bindet sie ihre Haare neu zusammen und greift nach dem Stift.

Liebe Frau Oberkommissarin, ich schreibe Ihnen, weil ich ratlos und verzweifelt bin . . .

*Wer sich über die Wirklichkeit nicht hinauswagt,
wird die Wahrheit nie erobern*

Friedrich Schiller

MONTAG

4

»Habt ihr schon Weihnachtsgeschenke gekauft?«, fragt Kommissarin Svenja Tades in die Runde.
»Tonnenweise.« Ihr Kollege Jasper Hinrichs strahlt. »Mein Favorit ist eine Eisenbahn mit Schienen und bunten Lichtern, die so richtig festlich funkeln. Sie spielt sogar Musik, während sie fährt.«
Svenja sieht ihn kopfschüttelnd an.
»Mann, Jasper, deine Tochter ist noch keine zwei Monate alt. Was soll sie denn jetzt schon mit 'ner Eisenbahn?«
»Sie kann sie ansehen!«, verteidigt Jasper sein Geschenk. »Nelli glubscht für ihr Leben gern. Und ich kann sie passend zur Musik auf dem Schoß wiegen. Ich bin mir sicher, das wird ihr gefallen.«
»Und dem stolzen Papa erst recht«, neckt Svenja ihn freundschaftlich. »Und du, Sophie? Hast du auch schon eingekauft?«
»Nee . . .« Sophie bläst sich eine ihrer widerspenstigen Locken aus dem Gesicht. »Ich bin so unschlüssig, was ich Taako schenken soll. Meinst du, ein Gutschein für einen gemeinsamen Wellnessurlaub wäre ein gutes Geschenk?«

»Das Allerbeste!« Svenjas Augen beginnen sofort zu leuchten. »Also ich wäre außer mir vor Freude, wenn ich so etwas von Ralf geschenkt bekäme...«

Die Glastür zum Großraum öffnet sich und Hauptkommissar Rüdiger Thomsen gesellt sich zu seinem Team. Er lässt sich mit einer Pobacke an Svenjas Schreibtisch nieder.

»Ich soll von unserem Dienststellenleiter ausrichten, solange kein neuer Fall auftaucht, läuft der Betrieb hier auf Sparflamme. Noch Kaffee da?«

»Klar, Chef. Für dich immer. Plätzchen dazu?«

»Nee, besser nicht. Maike hat heute 'n romantisches Dinner geplant, mit sechs Gängen und Kerzenlicht.«

»Und Fußbad hinterher?«, kichert Svenja.

Thomsen zeigt ihr den erhobenen Zeigefinger, muss dann aber doch schmunzeln. »Wenn mir das Glück treu ist.«

»An einem Montag?«, fragt Jasper. »Ein sechs Gänge Dinner, einfach so?«

»Ist das nicht herrlich? Seit Wochen kein neuer Fall, massig Überstunden zum Abbummeln und eine Frau, die mich kulinarisch verwöhnt, wenn ich bei Tageslicht heimkomme.«

Er kippt den Rest seines Kaffees hinunter und nimmt seine Jacke vom Haken.

»Du gehst jetzt schon?«, fragt Sophie verblüfft.

»Toll kombiniert, Meerkatz. Und das würde ich euch auch empfehlen!«

»Mann!«, freut sich Jasper. »Vielleicht lege ich auf dem Heimweg noch 'ne Shopping-Runde ein. Ich denke da an ein ferngesteuertes Flugzeug. Da hätte Nelli ordentlich was zum Glubschen.«

Svenja verdreht die Augen bis zur Decke. »Ich würd

'ne Rassel empfehlen.«
»'Ne Rassel?« Jasper sieht sie gekränkt an. »Echt jetzt? Bei all den tollen Geschenken, die es gibt, empfiehlst du mir 'ne Rassel für mein einziges Kind?«
»Die wäre zumindest altersadäquat. Da hat sie was von, wenn sie demnächst beginnt, alles anzufassen und in den Mund zu stecken.«
»Pah . . . altersadäquat . . .«, schmollt Jasper und zieht seine Jacke über. »Das kann einem ja den ganzen Weihnachtsspaß verderben!«
»Und wir beide?« Svenja lächelt Sophie einladend an. »Punsch am Hafen oder Spaziergang über den Weihnachtsmarkt?«
»Beides!«, freut sich Sophie. »Nach zwei oder drei Bechern Punsch entfaltet die weihnachtliche Atmosphäre ihren vollen Zauber. Vielleicht komm ich dann auch in Shopping-Laune.«
»Perfekt«, erwidert Svenja und fährt ihren PC herunter. »Wir beginnen mit einem Beerenpunsch am Hafen und . . .«
Doch ihre weiteren Vorschläge gehen aufgrund eines lauten Klopfens unter.
Draußen vor der Glastür steht eine junge Frau in einem dunkelblauen, gesteppten Mantel und einer großen Sporttasche, die offenbar auf ein *Herein* wartet.
Sophie erbarmt sich und winkt ihr.
»Kommen Sie rein.«
Sie öffnet die Glastür bloß einen Spalt und schiebt sich ein wenig zögerlich hindurch. Die große Tasche hält sie wie einen Schutzschild vor die Brust. Ihre Blicke huschen durch den Raum und bleiben an Sophie haften.
»Moin, Frau Oberkommissarin. Mein Name ist

Maren Jakobsen, könnte ich kurz mit Ihnen sprechen?«
»Worum gehts denn?«
»Um meinen Vater. Ich denke, er sitzt unschuldig hinter Gittern.«

5

Die schüchtern wirkende junge Frau hat dankbar ihren Mantel abgelegt und einen Platz am Besprechungstisch angenommen. Die Tasche auf ihrem Schoß hält sie mit beiden Armen fest umklammert.
»Danke, dass Sie mich anhören. Ich wollte Ihnen schreiben, doch ich habe völlig versagt.« Sie öffnet die Tasche und lässt Sophie hineinsehen. Unzählige händisch beschriebene und zerknüllte Blätter liegen darin. »Sehen Sie, ich habe seit Tagen einen Versuch nach dem anderen wieder verworfen, und am Ende war ich völlig verzweifelt. Gott sein Dank habe ich endlich den Mut gefunden, bei Ihnen persönlich vorzusprechen.«
»Nun denn . . . legen Sie los.« Sophie beugt sich neugierig vor und mustert ihre Gesprächspartnerin aufmerksam. Das Mädchen ist hochgradig nervös, das ist nicht zu übersehen. Ständig fummelt sie an ihrer Kleidung oder ihren Haaren herum.
»Ja . . . ähem . . . also mein Vater wurde verurteilt. Wegen Mordes, und das schon vor zwanzig Jahren . . .«
»Vor zwanzig Jahren?« platzt Svenja heraus, »das ist ja 'ne Ewigkeit. Und er sitzt immer noch?«

»Ja, richtig. Leider. Denn ich denke, er ist unschuldig.«

»Ach.« Sophie runzelt die Stirn. »Wenn er nach zwanzig Jahren noch nicht wieder entlassen wurde, muss es entweder ein besonders grausamer Mord gewesen sein oder mehrere...«

»Beides«, bestätigt Maren und senkt ihren Blick. »Es wurden zwei Mädchen ermordet und sie waren noch Kinder. Es war entsetzlich, was mit ihnen passiert ist, wirklich entsetzlich. Ich musste sehr viel weinen, als ich die Akten gelesen habe. Aber ich bin überzeugt davon, mein Vater ist es nicht gewesen, er ist nicht dieses Monster...« Tränen rinnen nun über ihre Wangen und sie wischt sie verschämt weg.

»Wieso glauben Sie das?«, hakt Sophie nach.

»Ich glaube es nicht bloß, ich weiß es. Tief in meinem Inneren weiß ich es so sicher, wie Maren Jakobsen mein Name ist.«

»Hm ... und haben Sie vielleicht auch Beweise für mich?«

Maren fasst nun mit beiden Händen in die Tasche und schiebt die zerknüllten Zettel beiseite. Stück für Stück packt sie nun drei Ordner, vollgestopft mit Unterlagen, auf den Tisch. »Hier. Das ist alles, was ich habe. Und natürlich die Briefe.«

»Welche Briefe?«

»Die, die mein Vater an meine Mutter schrieb. Sie hat sie nie gelesen. Aber ich schon.« Maren gräbt auch noch ein gut verschnürtes Bündel mit Kuverts aus der großen Sporttasche.

Sophie zieht einen der Ordner an sich und schlägt ihn auf.

»Urteil im Namen des Volkes gegen Milo Asani,

wegen zweifachen Mordes in Tateinheit mit Vergewaltigung Minderjähriger . . . uff, das ist definitiv starker Tobak.« Sie schlägt den Ordner wieder zu. »Frau Jakobsen, das sind sehr viele Papiere, die Sie hier mitgebracht haben. Welche davon beweisen Ihrer Meinung nach die Unschuld Ihres Vaters?«
»Ich glaube, einen Beweis gibt es nicht.« Die junge Frau mit den dunklen, traurigen Augen lässt nun die Schultern hängen. »Aber es gibt Ungereimtheiten, so viel steht fest. Die Polizei hatte meinen Vater zum Sündenbock auserkoren und niemand anderen auch nur in Betracht gezogen.«
»Hm . . . .«, macht Sophie und überblickt den Berg an Unterlagen, die über dem Tisch verteilt liegen. »Sie haben die Briefe gelesen, die Ihr Vater an Ihre Mutter geschrieben hat?«
»Ja.«
»Was sagt denn Ihre Mutter dazu, dass wir sie nun lesen sollen?«
»Nichts. Sie ist vor vier Monaten gestorben.«
»Oh. Das tut mir leid.«
»Ja . . . ähem . . . danke.«
Es entsteht eine Pause, in der Sophie ihr Gegenüber eingehend betrachtet. Sie wirkt sehr jung, aber ihre Kleidung ist eher konservativ. Der hellblaue Kaschmirpullover wirkt in Kombination mit der zarten Goldkette elegant und bieder zugleich. Auch der lange, dunkle Rock ist eher untypisch für Mädchen ihres Alters.
»Wie alt sind Sie eigentlich?«, will Sophie nun genau wissen.
»Zwanzig.«
»Es ist sicher nicht leicht, in so jungen Jahren die

Mutter zu verlieren«, sagt Svenja mitfühlend.
»Ja, es war schwer. Sie hatte Brustkrebs, der leider trotz Behandlung immer aggressiver wurde. Am Ende hatte sie überall Metastasen. Es ging dann schneller zu Ende, als ich erwartet hatte.« Wieder wischt sie sich verstohlen eine Träne aus den Augen. »Ich wünschte nur, sie hätte vor ihrem Tod mit mir darüber gesprochen.«
»Über Ihren Vater, meinen Sie?«
»Ja«, schnieft Maren und nestelt ein Taschentuch aus den Tiefen ihrer Sporttasche.
»Hat sie nicht?«, fragt Sophie verblüfft.
»Nein, kein Wort. All das . . .«, sie macht eine weitschweifende Geste über sämtliche Ordner und Schriftstücke, die nun auf dem Tisch liegen, »kam erst nach ihrem Tod ans Tageslicht. Als ich die Briefe fand . . . bis dahin dachte ich, mein Vater wäre tot.«
»Oh«, macht Svenja überrascht. »Das ist ja 'n Ding.«
»Ja. Ich dachte mein ganzes Leben lang, er wäre tot, und als Mama dann starb, war ich ganz allein. Sie hatte keine Familie, also hatte ich auch keine, wir beide waren immer bloß für uns . . . und dann, als ich die Wohnung räumen musste, weil sie für mich allein zu teuer war, da fand ich die Briefe.«
»Und was steht in diesen Briefen?«, will Svenja wissen.
»Sie sind alle von ihm. Meinem Vater. Er hat ihr versichert, dass er unschuldig ist. Immer und immer wieder. In jedem einzelnen Brief. Er hat meine Mutter geliebt, und er hat nie damit aufgehört, aber sie hatte sich von ihm abgewendet, als er verurteilt wurde. Sie lebte damals hier, in Husum, als Frieda Eriksen, doch in meiner Geburtsurkunde steht Maren Jakobsen. Also

muss sie ihren Namen noch vor meiner Geburt geändert haben. Vermutlich zur selben Zeit, als sie nach Hamburg ging.«
»Sie wuchsen dort auf?«
»Ja. Ich habe mein gesamtes Leben in Hamburg verbracht.«
»Ohne von Ihrem Vater zu wissen?«
»Richtig. Ich habe ihn das erste Mal vor zwei Monaten getroffen, als ich ihn im Gefängnis besuchte«, erzählt Maren und schluckt hörbar. »Er . . . er wusste nicht einmal, dass es mich gibt. Trotzdem hat er nicht lange gebraucht, um die Wahrheit zu erkennen, da ich meiner Mutter sehr ähnlich sehe.«
»Wie hat er reagiert?«, fragt Svenja, die von dieser Geschichte völlig gefesselt ist.
»Extrem. Er war fassungslos. Hin- und hergerissen. Enttäuscht und glücklich zugleich. Er sagte, zu erfahren, eine Tochter zu haben, wäre die beste und schlimmste Nachricht seines Lebens.«
»Wie hat er das gemeint?«
»Das habe ich ihn auch gefragt. Er sagte, ich wäre ein Geschenk Gottes, doch gleichzeitig weiß er nun, dass er mein gesamtes Leben verpasst hat.«
»Das ist alles in allem ungemein tragisch. Aber warum kommen Sie mit der Sache zu uns?«, fragt Sophie so empathisch wie möglich.
»Weil es in Husum passiert ist. Alles, was mit meiner Vergangenheit zu tun hat, ist hier passiert. Meine Eltern haben hier in Husum gelebt und die Mädchenmorde sind auch hier passiert. Zwischen Horstedt und Arlewatt.«
»Hm«, macht Sophie und spürt ein leichtes Frösteln, das ihr über den Rücken läuft. Seit eineinhalb Jahren ist

sie nun schon hier, lange genug, um den rauen Norden und speziell das pittoreske Hafenstädtchen Husum als ihr Zuhause zu betrachten. Mit einem Mal wird ihr klar, dass sie nichts über die Vergangenheit ihrer Wahlheimat weiß. Nachdenklich betrachtet sie die prall gefüllten Ordner auf dem Tisch. Das würde in jedem Fall eine spannende und aufschlussreiche Zeitreise werden.

»Lassen Sie mir die Unterlagen hier«, sagt sie nachdenklich und steht auf. »Ich sehe sie durch. Ich kann Ihnen nichts versprechen, aber wenn mir etwas auffällt, das wir überprüfen sollten, werde ich mit dem Hauptkommissar sprechen.«

»Danke.«

Maren erhebt sich nun ebenfalls und lächelt erleichtert. Sie streckt ihre Hand zum Abschied aus.

»Das ist sehr freundlich von Ihnen. Bitte geben Sie auf die Briefe acht. Ich habe keine Kopien und sie bedeuten mir sehr viel.«

6

»Was für 'ne Wahnsinnsgeschichte!«
Svenja nippt an ihrem dampfend heißen Punsch und ihre Augen glänzen. »Da erfährst du nach dem Tod deiner Mutter, dass du einen Vater hast, der im Gefängnis sitzt. Verurteilt wegen Verbrechen an Kindern, die kaum grausamer sein könnten. Also, wenn mir das passiert wäre, würde ich auch glauben wollen, dass er unschuldig ist.«
»Ja.« Sophie hält ihren Pott Orangenpunsch mit beiden Händen, um die kalten Finger zu wärmen. Sie lässt ihren Blick über den Hafen schweifen. Er ist traumhaft schön um diese Jahreszeit. Unzählige goldene und bunte Lichter schmücken die vielen Weihnachtsbäume, die am Ufer aufgestellt wurden.
Sogar die Schiffe, die hier vor Anker liegen, sind mit festlichen Lichterketten geschmückt. In dieser vorweihnachtlichen Idylle denkt man an leuchtende Kinderaugen, nicht an grauenvolle Kindermorde.
Ihr Blick fällt auf die Sporttasche zu ihren Füßen.
»Diese Maren kann einem echt leidtun.«
»Du sagst es«, stimmt Svenja zu. »Aber spannend ist

diese Sache auch. Ich habe nachgerechnet. Ich war damals erst sieben – vier Jahre jünger als die ermordeten Mädchen. Ich meine, mich dunkel daran erinnern zu können, dass damals ein schreckliches Verbrechen geschehen ist, aber konkrete Erinnerungen habe ich nicht.«

»Nun, der Rüde wohl eher«, vermutet Sophie.

»Bestimmt«, erklärt Svenja und nippt an ihrem Beerenpunsch. »Der war damals um die dreißig und bereits hier bei der Kripo Husum. Garantiert hat er an der Aufklärung des Falles mitgewirkt.«

Eine Möwe wagt ein freches Flugmanöver und pickt die Essensreste vom Nachbartisch. Sophie scheucht sie weg.

»Auf jeden Fall habe ich heute Abend eine spannende Lektüre«, freut sie sich. »Seit Wochen haben wir keinen interessanten Fall, mir war schon richtig langweilig.«

»Nun, mir nicht«, widerspricht Svenja grinsend. »Mit Ralf ist es immer aufregend.«

»Ja, ich weiß«, lacht Sophie. Gleichzeitig ist sie froh, diese Aufregungen hinter sich gelassen zu haben. Seit ein paar Monaten peppt ihre Jugendliebe Ralf, der als Rechtsanwalt in Hamburg tätig ist, und mit dem sie jahrelang eine On-off-Beziehung pflegte, sein Junggesellendasein mit Svenjas Hingabe auf. »Ich gönne es dir. Von Herzen. Mit Taako bin ich so viel glücklicher.«

»Darauf stoßen wir an.« Svenja hebt ihren dampfenden Pott und prostet ihrer Kollegin zu.

7

Es ist ungewohnt, heimzukommen, wenn noch niemand zu Hause ist. Die Küche, in der Taako meistens mit Begeisterung bei der Sache ist, wirkt kalt und leer ohne ihn. Dieser Eindruck wird durch die Eisblumen am Fenster noch verstärkt. Trotzdem freut sich Sophie über ein paar Minuten Ruhe. Sie stellt die schwere graue Sporttasche auf dem Tisch ab und öffnet eine Flasche Rotwein. Im Gegensatz zu ihrer Anfangszeit in Husum, als sie unter der Einsamkeit gelitten hat, kann sie nun die wenige Zeit, die sie ganz für sich allein hat, richtig genießen.

Miau. Der schwarze Kater mit den weißen Pfoten kommt maunzend die Treppe herunter und umschmeichelt ihre Beine.

»Hallo mein Süßer.« Sie streichelt ihm sanft über das seidige Fell. »Hast du schon Hunger?«

Das Maunzen wird deutlicher.

»Was für eine blöde Frage, nicht wahr?« Sie lacht und nimmt eine Dose Katzenfutter aus dem Vorratsschrank.

Nachdem Otello seine Ration erhalten hat, klingt sein Interesse an ihrer Gesellschaft wieder ab.

Zufrieden rollt er sich auf seinem Lieblingsplatz, der Wohnzimmercouch, zusammen. Sophie folgt ihm. Das Glas Rotwein und einen Ordner aus Marens Tasche nimmt sie mit. Nach einigen genüsslichen Schlucken klappt sie ihn auf. Zuoberst liegen die Vernehmungsprotokolle der Kripo Husum. Hauptkommissar Weert Broders, offenbar Thomsens damaliger Chef, hatte die Vernehmungen geführt. Sophie zieht ihr Handy aus der Hosentasche und googelt den Namen.

Sofort tauchen Bilder eines grauhaarigen, sehnigen Mannes auf, dessen stechend hellblaue Augen auf einen scharfen Verstand schließen lassen. Seinem vom Wetter gegerbten Gesicht sieht man an, dass er es gewohnt ist, Befehle zu erteilen. Bestimmt hatte er für Verdächtige und wohl auch für Zeugen etwas Angsteinflößendes.

Sie klickt sich durch diverse Artikel im Internet und stößt bald auf Broders Pensionierung und Thomsens Beförderung zum neuen Hauptkommissar. Das war vor elf Jahren. Nachdenklich nimmt Sophie einen weiteren Schluck Wein. Sie kann sich den Rüden als jungen Kommissar nur schlecht vorstellen. Und doch war es so. Weert Broders war der Chef, und seinem äußeren Eindruck nach war er ein Mann, der kaum Widerspruch duldete. Wie er wohl seine Pensionierung und die damit verbundene Bedeutungslosigkeit verkraftet hatte?

Nach weiteren Recherchen stößt sie auf eine Todesanzeige. Hauptkommissar Broders ist vor fünf Jahren an einem Herzinfarkt gestorben. Schade, denkt Sophie, sie hätte Thomsens ehemaligen Vorgesetzten gerne kennengelernt und auch über diesen Fall befragt, der vor so vielen Jahren ganz Husum in Atem hielt. Und wer weiß, vielleicht hätte er auch die eine oder andere Anekdote über den jungen Rüden zum Besten gegeben. Sie schmunzelt bei dem Gedanken daran und schenkt sich vom Rotwein nach, als Taako zur Tür hereinkommt.

Er bringt jede Menge Kälte mit, die sich in seinen schulterlangen Haaren und seinem Kinnbart festgesetzt hat. Sophie erschaudert, als er sie zur Begrüßung küsst.
»Mann...«, sie schüttelt sich. »Alles an dir ist eiskalt. Gabs heute kein Feuer, an dem du dich wärmen konntest?«
»So liebe ich dich«, lacht er. »Immer ein klein wenig boshaft. Aber nee, ernsthaft, mir wäre ein Feuer heute auch lieber gewesen. Wir mussten ein eingeklemmtes Unfallopfer freischneiden und anschließend den Wagen aus dem Graben holen. Alles auf freier Landstraße, wo der eisige Wind nur so pfiff. Welch ein Glück, dass ich 'ne Partnerin zu Hause habe, die mich mit ihrer Leidenschaft wärmt.«

Durchgefroren, wie er ist, presst er sich an sie.
»Du Biest!« Sophie versucht ihn abzuwehren, doch seine Arme umschlingen sie eisern. »Wie wärs mit einem heißen Bad vor dem Essen?«, versucht sie ihr Glück mit einer List.

»Bombenidee. Kommst du mit?«
»Auf jeden Fall.« Sie zwinkert ihm verführerisch zu. »Nach einem Wochenende mit Nils kann ich es kaum erwarten, dich wieder hautnah zu spüren.«

»Geht mir genauso«, bestätigt Taako grinsend und lässt sie los. »So niedlich er ist, und so sehr ich ihn liebe, für unser Sexleben ist er doch ein wenig schädlich.«

»Oh ja«, stimmt Sophie zu und steigt die Treppen zum Badezimmer hoch. »Speziell in Kombination mit

deiner Mutter.«
»Ich weiß, Schatz.« Er folgt ihr mit einem treuherzigen Augenaufschlag. »Aber lass uns nun von prickelnderen Dingen reden, okay?«
Sophie dreht den Wasserhahn auf und bleibt die Antwort schuldig. Eine weitere Diskussion über seine Mutter wäre zwar dringend nötig, würde jedoch die Stimmung versauen. Sie zündet eine Duftkerze an und lässt ihre Blicke über seinen prachtvollen Körper gleiten. Allein sein Anblick lässt sie erbeben. Ihre Finger streichen begehrlich über seine modellierten Brustmuskeln.
»Zieh dich aus«, flüstert sie.

8

Taako entkorkt in der Küche eine neue Flasche Wein, während Sophie sich von hinten an ihn schmiegt und ihm ihr leeres Weinglas reicht.
»Mit einem guten Tropfen in die zweite Runde?«, fragt er und schenkt ein. »Oder hast du Hunger?«
»Nur auf dich.« Sie schließt die Augen und atmet den Duft seiner Haut.
»Warum seid ihr nackt?«
Sophie schreckt hoch und im selben Moment, als sie Taakos Mutter im Türrahmen erblickt, kracht die Flasche Wein zu Boden. Nun, nicht direkt auf den Boden, sondern auf ihren rechten kleinen Zeh. Der Schmerz fährt wie ein heißer Blitz durch ihren Körper. Während ihr Liebster seine Männlichkeit mit bloßen Händen bedeckt, krallt sie sich stöhnend am Esstisch fest.
»Was machst du hier?«, schreit Taako seine Mutter an.
»Ich habe meinen Schal vergessen, den werde ich doch wohl noch holen dürfen.«
»In der Küche?«
»Natürlich nicht in der Küche. Aber wenn ich schon

mal hier bin, wollte ich euch auch Hallo sagen.«

»Ohne Vorwarnung? Wie oft habe ich dich gebeten, vorher anzurufen? Stattdessen schleichst du dich ins Haus und überraschst uns in der Küche. Jetzt siehst du, was du angerichtet hast! Vor Schreck ist mir die Flasche aus der Hand gerutscht und nun ist der ganze Boden voller Wein und Scherben!«

»Ich wusste ja nicht, dass ihr . . . ich meine, wer rechnet denn damit? In der Küche! Zu meiner Zeit hatten wir dafür das Schlafzimmer.«

»Ja, Mama«, antwortet Taako beherrscht und während er sich fürs Erste eine Küchenschürze umbindet, denkt er, dass es noch ein Glück war, dass sie nicht zehn Minuten früher im Badezimmer aufgetaucht ist. Mit hochrotem Kopf bringt er sie zur Tür. »Gib mir deinen Schlüssel. Dann musst du in Zukunft anläuten.«

»Da, bitte«, schnappt sie beleidigt. »Nun bin ich wohl endgültig auf dem Abstellgleis gelandet.«

»Ach Mama, komm mir jetzt nicht so! Ich bitte dich doch seit Monaten, dass du anrufst und mit uns einen Termin ausmachst, bevor du herkommst.«

»Ja, ganz genau, als ob ich zum Zahnarzt ginge! Dabei möchte ich bloß ein Teil meiner Familie sein!«

Nun strömen die Tränen und Taako fühlt sich hilflos, wie jedes Mal, wenn er mit seiner Mutter in Streit gerät. Nichtsdestotrotz steckt er ihre Schlüssel ein. Sicher ist sicher.

»Mama, jetzt lass doch mal die Kirche im Dorf. Sophie und ich sind doch erst vor kurzem zusammengezogen. Wir sind verliebt, aber wir haben als Paar auch unsere Herausforderungen. Wir müssen unsere Jobs unter einen Hut bringen und unsere

Freizeit mit Nils' Mutter abstimmen, was auch nicht immer einfach ist. Deine unangekündigten Besuche machen alles nur schlimmer. Nicht nur für mich, auch für Sophie.«

Seine Mutter zieht vergrämt die Mundwinkel nach unten, während sie das Haus verlässt.

»Klar, dass ich wieder die Böse bin«, murmelt sie.

* * *

Als Taako in die Küche zurückkehrt, findet er ein Schlachtfeld vor. Der Wein, der ausgelaufen ist, hat mittlerweile jeden Winkel des Bodens erreicht. Aus dem nassen Rot ragen dunkle Glassplitter, und mittendrin hockt Sophie mit angezogenen Beinen auf einem Küchenstuhl. Sie hat eine Socke abgestreift und starrt auf ihre Zehen.

Taako bleibt gar nichts anderes übrig, als in die Pfütze zu steigen, um zu ihr zu gelangen.

»Was ist passiert?«

»Die Flasche ist auf meiner kleinen Zehe gelandet.«

»Ach du Scheiße.«

Tatsächlich ist die kleine Zehe bereits auf die doppelte Größe angeschwollen und gerade dabei, sich rot und blau zu verfärben.

»Ich bring dich ins Krankenhaus«, schlägt er vor und streicht ihr tröstend über die rötlich-braunen Locken.

Doch Sophie schüttelt den Kopf. »Bei der kleinen Zehe machen sie nichts, selbst wenn sie gebrochen wäre, das ist mir vor Jahren schon mal passiert.«

»Ach echt? Hat dich schon mal 'ne Schwiegermutti in einer intimen Situation ertappt?« Er grinst und steckt sie damit an. Trotz der Schmerzen muss sie nun lachen.

»Bloß gut, dass sie nicht 'n paar Minuten früher ins Bad geguckt hat.«

»Ja«, stimmt Taako zu. »Das hab ich mir auch schon gedacht.«

9

Das Pochen im kleinen Zeh hat sie mit Schmerzmittel halbwegs in den Griff bekommen. An Schlaf ist trotzdem nicht zu denken. Also hat Sophie es sich in ihrem Zimmer bequem gemacht, ihrem privaten Rückzugsort in Taakos Haus. Dieser Raum war ihre Bedingung gewesen, als sie einwilligte, bei ihm einzuziehen. Und er hat sich bewährt – vor allem in der Nacht – denn Taako ist, bei all seinen Vorzügen, ein leidenschaftlicher Schnarcher.

Nun sitzt sie in ihrem Bett, angelehnt an drei große Kissen, das Bein mit der verletzten Zehe hochgelagert, neben sich die Ordner aus der grauen Sporttasche. Die Protokolle der Kripo legt sie beiseite, sie möchte sich erst mal einen Überblick verschaffen und sucht nach Zeitungsausschnitten. Im dritten Ordner wird sie fündig.

Die grausame Headline springt ihr sofort ins Auge.

WEITERES MÄDCHEN VERMISST
Nachdem vor zwei Monaten die elfjährige Lina W. auf einem Feldweg zwischen Horstedt und Arlewatt tot aufgefunden wurde, wird nun die

ebenfalls elfjährige Jondra M. vermisst. Die Kriminalpolizei Husum ersucht dringend um Hinweise.

Sophie betrachtet die Fotos der beiden Mädchen. Lina hatte blondes Haar, das sie zu Zöpfen geflochten trug, Jondras war dunkel und stark gelockt. Beide wirkten noch sehr kindlich.

Sie legt den Zeitungsausschnitt beiseite und nimmt den nächsten, der einen Tag später erschienen ist. **TRAURIGE GEWISSHEIT** prangt nun auf der Titelseite. Auch Jondra wurde tot, am Rand eines Feldes in der Nähe von Arlewatt, gefunden. Die Polizei geht von einem Gewaltverbrechen aus.

Sophie liest den gesamten Artikel aufmerksam durch, doch er enthält kaum Informationen, bloß Interviews mit geschockten Nachbarn und die offensichtliche Parallele zu Linas Tod.

Zwei kleine Mädchen wurden innerhalb von zwei Monaten ermordet, da ist es bloß verständlich, dass die Presse ein und denselben Täter dahinter vermutet.

Artikel für Artikel kämpft sie sich durch die lokale Berichterstattung, doch weitere Informationen finden sich in keiner einzigen Zeitung. Bis plötzlich ein Verdächtiger auftaucht. Milo Asani, ein gebürtiger Mazedonier, der bereits als zehnjähriger Junge mit seinen Eltern nach Husum gezogen war und seit seinem sechzehnten Lebensjahr in der Metzgerei in Horstedt arbeitete und die Geschäfte und Lokale in der Umgebung mit Fleisch belieferte. Er fuhr die Landstraße zwischen Horstedt und Arlewatt mehrmals wöchentlich mit dem Lieferwagen entlang und war auch an den Tagen, an denen die Leichen gefunden wurden, in dieser Gegend unterwegs.

Am selben Tag, als der erste Artikel über Asani erschien, mussten sie ihn in Schutzhaft nehmen. Die Menschen in Arlewatt und Umgebung waren aufgebracht und Übergriffe nicht auszuschließen. Seitdem hat er das Gefängnis nie wieder verlassen. Bis heute nicht.

Sophie legt nun die Zeitungsartikel weg und blättert den Ordner weiter durch, bis sie zu den Autopsieberichten gelangt. Sie seufzt, als sie den ersten, die kleine Lina betreffend, zur Hand nimmt. Denn nun kommt der hässlichste Teil der Geschichte.

*Wenn ihr eure Augen nicht gebraucht, um zu sehen,
werdet ihr sie brauchen, um zu weinen*

Jean-Paul Sartre

DIENSTAG

10

»Was ist passiert?«
Jasper blickt neugierig auf Sophies rechten Fuß, der in einer warmen, rot-gelb-gestreiften Wollsocke und einer Männersandale steckt.
»Meine Zehe ist verletzt. Sie hat 'ne Weinflasche davor bewahrt, auf den Boden zu krachen.«
»Autsch.« Jasper verzieht bei der bloßen Vorstellung das Gesicht.
»Das kannst du laut sagen.« Sophie hinkt zu seinem Schreibtisch und stellt die graue Sporttasche dort ab.
»Was ist das?«, will ihr Kollege sofort wissen.
»Hat Svenja ausnahmsweise nicht geschnackt?«, gibt sie zurück.
»Ah, doch. Sie hat mich gestern noch angerufen und von einer mysteriösen jungen Frau erzählt, die denkt, ihr Vater würde unschuldig im Gefängnis sitzen. Sind das ihre Unterlagen?«
Sophie zeigt ihm die Daumen-Hoch-Geste. »Toll kombiniert.«
»Und? Irgendwelche Unregelmäßigkeiten gefunden?«
»Noch nicht. Kanntest du eigentlich den alten

Broders?«
»Ja natürlich, als ich mit neunzehn hier an der Dienstelle anfing, war er der Chef. Quasi gottgleich. Jeder hat vor ihm salutiert. Sogar der Dienststellenleiter. Einfach, weil er so eine respekteinflößende Persönlichkeit war. Richtig alte Schule. Mit allen per Sie und per Dienstgrad – *eiserne Disziplin und tadelloses Verhalten im Dienst und auch außerhalb*, das war sein Motto. Widersprechen durfte man dem nie . . .«
»Erklärst du mir gerade, der Rüde hätte damals bloß gekuscht?«, hakt Sophie amüsiert nach.
»Wann hat der Rüde je gekuscht?«, will Svenja wissen, die in diesem Moment durch die Glastür in den Großraum kommt. Sie trägt heute einen schicken goldfarbenen Mantel, der farblich mit dem strahlenden Blond ihrer Haare konkurriert.
»Damals, noch vor deiner Zeit. Doch, hat er . . . mehr oder weniger.« Jasper nickt nachdenklich. »*Oberkommissar Thomsen, sind wir uns einig?* Wenn Broders das sagte, war's aus die Maus. Jeder wusste, noch ein Wort, und es endet nicht gut. Es war seltsam damals, als er in Rente ging. Einerseits waren wir alle erleichtert, andererseits konnte sich niemand vorstellen, dass die Kripo ohne ihn überhaupt funktioniert würde. Als der Rüde vor elf Jahren hier Hauptkommissar wurde, gab es noch keine einzige Frau bei der Kripo hier in Husum, bloß männliche Kommissare. Sie wechselten irgendwann auf andere Dienststellen und so konnte ich nachrücken. Ja, und später auch ihr beide.«
Mit einem Mal breitet sich ein seliges Lächeln auf seinem Gesicht aus. »Aber so 'n tolles Team, wie wir jetzt sind, waren wir noch nie.«

»Da hast du recht«, stimmt Svenja mit ein, als ihr Blick plötzlich auf Sophies rechten Fuß fällt. Einen Moment lang blickt sie erstaunt auf die farbenprächtige Socke, dann kichert sie ungeniert. »Was . . .?«
»Frag nicht«, unterbricht Sophie ihre Kollegin gleich im Ansatz und hinkt in die Küche, ihrer morgendlichen Tasse Kaffee entgegen. Hinter ihrem Rücken hört sie, wie Jasper etwas von Weinflasche und Zehe flüstert.

* * *

»Gibt es nun Ungereimtheiten oder gibt es keine?«, will Svenja wissen, nachdem sich alle mit ihren dampfenden Kaffeepötten rund um den Besprechungstisch versammelt hatten.
»Weiß ich noch nicht«, muss Sophie eingestehen. »Meine verdammte Zehe hat mich zwar die ganze Nacht über wachgehalten, aber um alles hier durchzulesen, brauche ich mehr Zeit.«
»Hast du die Briefe des Täters schon gelesen?«, lässt Svenja ihrer Neugier freien Lauf.
»Ja, aber die enthalten lediglich Liebeserklärungen an seine Verlobte und allgemeine Beteuerungen, dass er es nicht war, so etwas nie tun könnte und sich auch nicht erklären kann, warum man ausgerechnet ihn beschuldigt . . .«
»Also das Übliche . . .«, meint Svenja enttäuscht.
»Vielleicht nicht *das Übliche*, es ist schon auf eine Art formuliert, die authentisch wirkt, aber andererseits . . .

ach, ich weiß auch nicht. In diesen Briefen findet sich kein einziger konkreter Anhaltspunkt für seine Unschuld, aber nachdem ich sie gelesen habe, kann ich schon verstehen, dass jemand, der an ihn glauben will – wie eben seine Tochter – von seinen gutherzigen Beteuerungen überzeugt ist. Ich denke, wenn wir der Sache auf den Grund gehen wollen, müssen wir uns den Fakten widmen«, resümiert Sophie und macht eine weitschweifende Handbewegung über sämtliche Unterlagen, die nun auf dem Besprechungstisch liegen.

»Wir sind schneller, wenn wir uns aufteilen. Wir können jeder einen Ordner durchsehen und uns dann austauschen«, schlägt Svenja vor.

»Und ich kann im Archiv nachsehen, ob wir noch zusätzliche Unterlagen haben«, ergänzt Jasper.

»Klingt gut, genau so machen wir's«, stimmt Sophie dem Vorschlag ihres Kollegen zu. »Wenn du wieder hier bist, sprechen wir alles durch, was wir bis jetzt wissen.«

11

»Was sind wir beide doch für Glückspilze«, freut sich Maike, als sie auf den Frühstückstisch blickt, der sich unter all den aufgetischten Köstlichkeiten biegt. »Obwohl wir noch mit beiden Beinen im Arbeitsleben stehen, können wir uns einfach mal so am Vormittag 'ne gemeinsame Auszeit gönnen.«

Thomsen brummt zustimmend, macht es sich in seinem Lieblingsstuhl gemütlich und streicht ihr liebevoll über die Hand. »Stimmt, man muss das Leben auch mal genießen können. Das haben wir uns verdient. Tee?«

»Gern.« Während ihr Mann die Tassen befüllt, greift sie zum Buttermesser. »Ich habe Peet und seine Familie zum Weihnachtsfest eingeladen. Das ist dir doch recht?«

»Du hast wie immer die besten Ideen.« Thomsen lehnt sich entspannt zurück. Er hat wirklich Glück, das ist ihm bewusst. Maike, die selbst keine Kinder hat, hat seinen Sohn und dessen Frau ganz wunderbar aufgenommen. Und sie liebt seine kleine Enkeltochter Merle, als wäre es ihre eigene.

»Ist doch echt mal schön, wenn ihr kein Verbrechen

aufzuklären habt«, sagt sie sonnig und beißt in ein Brötchen mit Himbeermarmelade.

»Herrlich ist das. Vielleicht bleibe ich heute den ganzen Tag zu Hause.« Er legt die Beine hoch und greift nach der Zeitung, als plötzlich sein Handy zu klingeln beginnt.

Widerwillig nimmt er das Gespräch an.

»Ja?«

»Rüde, hier ist der Holger. Du weißt schon, vom Archiv.«

»Ach. Hat das nicht Zeit bis morgen?«

»Nun, ich weiß nicht. Es ist 'ne komische Sache, ich wüsste nicht, wen ich sonst anrufen sollte. Den Petersen vielleicht...«

»Nee, lass mal lieber«, reagiert Thomsen sofort. Den Dienststellenleiter mit etwas zu behelligen kann ganz schnell einen Wirbel verursachen, dessen Folgen er tage- oder wochenlang ausbaden muss – so viel hat er bereits aus der langjährigen Zusammenarbeit gelernt.

»Worum gehts denn eigentlich?«

»Nun, um eine Anweisung, die noch vom alten Broders stammt. Er hat damals Akten verschnürt und mich schwören lassen, dass ich ihn sofort anrufe, wenn jemand diese einsehen will. Der Broders ist aber seit fünf Jahren tot, und weil du sein Nachfolger bist, dachte ich, ich rufe dich an.«

»Aha. Um welche Akten gehts denn überhaupt?«, fragt Thomsen, der sich ärgert, wegen so einer Lappalie überhaupt belästigt zu werden. Sollen die Kollegen doch nachsehen, was sie wollen.

»Um die Mädchenmorde.«

»Welche Mädchenmorde?«

»Lina Wessel und Jondra Maas, die beiden, die

damals...«

»Heilige Scheiße! Willst du mich veräppeln?«, brüllt Thomsen nun in sein Handy. »Das war vor zwanzig Jahren! Und das ist längst geklärt! Welcher Fischkopp ist so dämlich, diesen Fall anzurühren?«

»Kommissar Jasper Hinrichs«, liest der Archivar von seinem Formular ab. »Gehört der nicht zu deiner Truppe?«

12

Svenja hat bereits Feuer gefangen. Die Neugier glitzert nur so in ihren Augen. Sie hat sich mit Begeisterung daran gemacht, die bisherigen Informationen auf dem Whiteboard darzustellen.

Als Jasper aus dem Archiv zurückkehrt, hat sich die große leere Fläche in eine Art Fotopinnwand verwandelt. Neben unzähligen Tatortfotos prangen auch ausgeschnittene Zeitungsartikel.

»Das war jetzt seltsam«, berichtet er und in seinem Gesicht spiegelt sich eine gewisse Ratlosigkeit wider. »Der alte Holger hat die Herausgabe der Fallunterlagen verweigert. Das wäre Chefsache, meinte er.«

»Das ist in der Tat ungewöhnlich«, wundert sich Sophie, »andererseits kommt der Rüde ohnehin bald wieder und bis dahin können wir die Unterlagen durchsehen, die Maren uns überlassen hat.«

»Mhm«, macht Jasper und betrachtet das Whiteboard.

»Da hast du dich selbst übertroffen«, lobt er Svenja.

»Bin schon gespannt, deine Zusammenfassung zu hören.«

»Okay«, erwidert jene und räuspert sich. »Also, es

passierte im Frühling vor zwanzig Jahren. Am 5. März meldete die Mutter von Lina Wessel bei der Polizeistation in Arlewatt, dass ihre elfjährige Tochter am Tag zuvor nicht von der Schule heimgekommen war. Kurz darauf fand Sönke Braren, ein Landwirt aus der Umgebung, die Kleine tot auf einem Feldweg zwischen Horstedt und Arlewatt. Zwei Monate später, am 9. Mai, wandten sich die Eltern der gleichaltrigen Jondra Maas an die Polizei, weil ihre Tochter ebenfalls nicht von der Schule heimgekommen war. Auch sie wurde am darauffolgenden Tag tot aufgefunden, diesmal in einem Feld am Ortsrand von Arlewatt. Beide Mädchen waren missbraucht und anschließend getötet worden.

Nur wenige Tage später, am 14. Mai, wurde Milo Asani festgenommen, er war bei einer Metzgerei in Horstedt angestellt und für die Auslieferung der Fleisch- und Wurstwaren in die Umgebung zuständig. Er war sowohl an den Tagen, als die Mädchen verschwanden, als auch an jenen, an denen sie gefunden wurden, mit seinem Lieferwagen in dieser Gegend unterwegs. Aber das ist nicht alles – in seinem Wagen wurden Jondras Trinkflasche sowie die Fingerabdrücke beider Mädchen gefunden. Er hat die Verbrechen immer bestritten, wurde aber trotzdem vom Gericht für schuldig befunden.«

»Kein Wunder, bei den Beweisen«, murmelt Sophie.

»Dann willst du die Sache wieder fallen lassen?«, fragt Svenja enttäuscht.

»Das habe ich nicht gesagt. Die Sache ist viel zu spannend, um sie sofort wieder ad acta zu legen. Allerdings befürchte ich, dass Asanis Unschuld sich am Ende bloß als Wunschdenken seiner Tochter

herausstellt.«
»Ist ja auch irgendwie verständlich«, meint Svenja. »Wer möchte schon so ein Monster zum Vater haben?« »Das war echt ein scheußlicher Fall damals«, meint Jasper. »Ich werde heute Abend meine Mutti ausquetschen. Die weiß sicher einiges über diesen Fall.«
»Und bis dahin kannst du diesen Ordner durchackern«, schlägt Sophie vor und schiebt ihn zu ihm hinüber. »Abgesehen von den schrecklichen Morden handelt es sich dabei auch um eine unheimlich spannende Zeitreise. Die Welt vor zwanzig Jahren hat sich noch anders gedreht, zumindest hier in Husum – als der Chef nicht Thomsen, sondern Broders hieß.«

13

Er fährt viel zu schnell. Als würde sich all die Wut, die er seit dem Anruf des Archivars verspürt, in seinem Bein sammeln und aufs Gaspedal drücken. Da ist er einen einzigen Tag nicht im Büro und schon kommt Jasper auf blöde Ideen. Statt seinen Schreibtisch aufzuräumen, stochert er in alten Fällen, die ihn nicht das Geringste angehen. Offenbar hat die Meerkatz das Team überhaupt nicht im Griff, ärgert sich Thomsen, während er seinen Landrover in eine Parklücke manövriert.

Zwei Stufen auf einmal nehmend stürmt er die Treppe zur Kripo hoch. Oben angekommen, reißt er die Glastür so energisch auf, dass Svenja vor Schreck der Whiteboardstift aus der Hand fällt. Mit einem Blick erfasst er ihre Aufzeichnungen. Die beiden Namen in der Mitte lauten Lina Wessel und Jondra Maas.

»Seid ihr alle wahnsinnig?«, brüllt er. »Was macht ihr da?«

Nun sehen sie ihn mit großen Augen an.

»Wir haben Hinweise zu diesem alten Fall erhalten. Die Tochter des verurteilten Täters hält ihn für unschuldig«, beeilt sich Svenja mit einer Erklärung.

»Ach, ist das so?«, blafft er in unverminderter Lautstärke.

»Ja«, meint nun auch Jasper. »Deshalb wollte ich die Akten im Archiv ausheben lassen, wir haben doch sicher mehr als drei Ordner. Doch der Holger meinte, bei diesem Fall musst du persönlich die Unterlagen anfordern.«

»Den Teufel werde ich tun«, knurrt Thomsen, »diese Akten bleiben genau dort, wo sie sind.«

»Aber...«, beginnt Jasper verdutzt.

»Kein *aber*. Dieser Fall ist abgeschlossen, und zwar seit einer Ewigkeit, und das bleibt er auch. Ist das klar?«

»Aber...«, beginnt nun auch Svenja.

»Drücke ich mich unverständlich aus? Ich sagte kein *aber*. Wie kommt ihr überhaupt auf die Idee, ausgerechnet diese entsetzliche Geschichte wieder aufzuwärmen?« Er starrt sie der Reihe nach wutentbrannt an und sein Blick bleibt an der Meerkatz hängen. Mit ihren nougatbraunen Augen starrt sie unerschrocken zurück.

»Die Tochter des Täters hält ihren Vater für unschuldig«, wiederholt sie Svenjas Worte. »Sie hat uns höflich darum gebeten, die Sache zu überprüfen – also daraufhin, ob wir Ungereimtheiten entdecken. Derzeit haben wir ohnehin nichts Besseres zu tun. Wo ist also das Problem?«

»Wo das Problem ist?« Thomsen spürt, wie sein Puls in Höhen schießt, die seinem Arzt nicht gefallen würden. Er strafft seine Oberkommissarin mit einem vernichtenden Blick. »Hier geht es um zwei der grausamsten Morde, die Husum je erlebt hat. Die Familien der Opfer wurden schwer traumatisiert und die Sensationspresse hat uns monatelang belagert. Nur dem entschlossenen Eingreifen meines Vorgängers ist es zu verdanken, dass der Täter so schnell gefasst wurde und bis heute sicher hinter Schloss und Riegel sitzt.«

Doch die Meerkatz ist leider keine, die sich schnell geschlagen gibt. »Ich möchte trotzdem nachsehen«, erklärt sie prompt. »Der Fall ist unglaublich spannend, und wenn der Broders so tüchtig war, lohnt es sich erst recht. Dann können wir von ihm noch etwas lernen.«

Thomsen ärgert sich über diesen geschickten Schachzug nur noch mehr. »Das Erste, was ihr lernen könnt, ist, dass ich hier der Chef bin. Und wenn ich sage, niemand rührt jemals wieder diesen Fall an, dann ist das so!«

Sophie steht auf, stützt die Arme auf den Tisch und starrt ihn wütend an. Er hält ihrem Blick mit zornig gerunzelten Brauen stand. Eine Weile stehen sie einander so gegenüber. Dann sammelt sie die Papiere und Ordner ein, die auf dem Besprechungstisch liegen und stopft sie in die graue Sporttasche.

»In diesem Fall mache ich vom Angebot des Dienststellenleiters Gebrauch und nehme mir den Rest des Tages frei«, erklärt sie aufgebracht.

»Die Akten lässt du aber hier«, knurrt Thomsen.

»Nein, die nehme ich mit. Das sind nicht unsere, sondern Kopien, die Maren Jakobsen, der Tochter des Täters, gehören. Ich bringe sie ihr zurück.«

»Meinetwegen. Und wenn du morgen wiederkommst, ist das Thema gestorben. Ist das klar?«, ruft er ihr hinterher und wendet sich anschließend an die verbliebenen Mitarbeiter. »In zehn Minuten ist dieses Whiteboard wieder leer.«

Jasper steht ein wenig zögerlich auf. »Ich würde auch

gern den Rest des Tages freinehmen. Billi hat gefragt, ob ich ihr mit der Kleinen helfen kann. Sie hat einen Termin beim Kinderarzt.«
»Noch jemand?« Thomsen fixiert nun Svenja mit einem finsteren Blick.
»Nee, alles gut, ich bleibe bis zum frühen Nachmittag, so wie ausgemacht«, beeilt sie sich mit ihrer Antwort und beginnt, die Fotos vom Whiteboard zu entfernen.
»Gut. Und das Eine lass dir gesagt sein: Du bewachst bloß das Telefon und stierst nicht in irgendwelchen alten Fällen rum.«
»Klar, Chef, natürlich«, versichert Svenja, bemüht, ihren verärgerten Chef wieder zu besänftigen.

14

Auf dem Heimweg ruft Sophie ihre beste Freundin über die Freisprecheinrichtung ihres Wagens an. Viel Hoffnung hat sie allerdings nicht. Als Gerichtsmedizinerin schnipselt Alex um diese Uhrzeit üblicherweise an Leichen herum, weswegen die vertraulichen Telefonate bevorzugt abends stattfinden. Doch sie hat Glück. Ihre Freundin hebt nach dem zweiten Klingeln ab.

»Hi Süße, ist etwas passiert?« Alex klingt besorgt.

»Ja und nein. Also nichts Dramatisches, aber genug, dass ich aus dem Büro gestürmt bin.«

»Du machst es aber spannend.«

»Ja, irgendwie ist es das auch. Schräg auf jeden Fall«, erklärt Sophie und fasst die Situation für ihre Freundin zusammen. »Und seit ich weiß, dass der Rüde so vehement dagegen ist, juckt es mich noch mehr, mich mit diesem Fall zu befassen«, gesteht sie.

»Ja, das passt zu dir«, lacht Alex. »Alles andere hätte mich auch gewundert. Aufsässigkeit ist schließlich dein zweiter Vorname.«

»Aber du musst zugeben, dieses Verhalten ist hochgradig mysteriös . . .«

»Eigentlich nicht«, widerspricht Alex. »Ich habe das schon mehrmals erlebt, wenn alte Fälle noch mal aufgerollt wurden, zum Beispiel bei Exhumierungen. Das bringt auch taffe Polizeibeamte aus der Fassung. Es gibt immer wieder Fälle, welche für die Ermittler so belastend waren, dass sie die ein für alle Mal abgeschlossen wissen wollten.«
»Ja, klar. Aber wir sprechen hier vom Rüden. Er ist nicht gerade von der zartbesaiteten Sorte.«
»Wenn du das sagst . . .« Alex lacht. »Hast du die Autopsieberichte der Opfer?«
»Ja, warum?«
»Wenn du sie mir schickst, kann ich dir vielleicht ein wenig weiterhelfen. Mein Date für heute Abend hat mir kurzfristig abgesagt, somit habe ich Zeit.«
»Das ist aber traurig.«
»Tja, des einen Leid, des anderen Freud«, meint Alex lakonisch.

* * *

Im Vorraum des alten Feuerwehrhauses, das Taakos Familie seit Generationen bewohnt, stoßen Sophie und Taako aufeinander.
»Wieso kommst du schon heim?«, fragt er verdutzt.
»Wieso bist du zu Hause?«, fragt sie nicht minder überrascht zurück.
»Bereitschaft reicht aus, ich habe zu viele Stunden auf meinem Konto. Auch ein Feuerwehrkommandant

darf sich mal erholen. Und du? Bist du arbeitsunfähig aufgrund deiner Verletzung?«
Er deutet grinsend auf die gestreifte Wollsocke, die in einer seiner Sandalen steckt.
»Nein, ich bin heute mit dem Rüden nicht klargekommen...«
»Das war für dich noch nie ein Grund, das Büro zu verlassen.«
»Nun, diesmal schon. Wir haben uns angeschrien, wegen 'nem Fall, der zwanzig Jahre alt ist. Er ist völlig ausgerastet, weil ich da ein wenig auf den Busch klopfen wollte.«
»Zwanzig Jahre...«, überlegt Taako. »Mhm, meinst du die Mädchenmordsache?«
»Genau die.«
»Diese Morde waren auch scheußlich. Kein Wunder, dass er diese Kiste nicht wieder öffnen will.«
»Auch, wenn der falsche Täter verhaftet wurde?«, fragt Sophie provokant.
»Ist das passiert?« Taako zieht die Augenbrauen hoch.
»Weiß ich nicht. Seine Tochter hält ihn jedenfalls für unschuldig, und sie spricht von Ungereimtheiten in den Akten. Also wollte ich mal nachgucken. Aber die Reaktion war so heftig, dass ich mir lieber freigenommen habe. Nun werde ich es mir mit einer schönen Tasse Tee zu Hause gemütlich machen und dabei die alten Protokolle lesen.«

Taako umarmt sie lächelnd. »Was hältst du von der Couch im Wohnzimmer? Ich kann den Kachelofen für dich einheizen.«

»Du bist der Beste! Ich muss bloß noch schnell etwas für Alex einscannen und ihr schicken.« Sie küsst ihn dankbar und humpelt dann langsam zur Treppe, die zu ihrem Zimmer hochführt. »Hilfst du mir mit der schweren Tasche?«

15

Es geht nichts über den Genuss einer Tasse Tee, während man Flammen zusieht, die hinter Glas züngeln. Die Kälte ist längst vergessen und Sophie taucht ein in Polizeiprotokolle, die vor sehr langer Zeit getippt wurden.

Mit der Mutter des ersten Opfers, der elfjährigen Lina Wessel, hatte es bloß zwei Einvernahmen gegeben. Eine, als das Mädchen vermisst gemeldet wurde und eine weitere, nachdem ihre Leiche gefunden worden war.

Was ihr sofort ins Auge springt, ist die Tatsache, dass die Mutter bloß wenige Monate zuvor mit ihrer Tochter zu ihrem Freund nach Arlewatt gezogen ist. Das bedeutete einen Schulwechsel für das Mädchen, der allerdings nur am Rande erwähnt wurde. Linas Kleidung hingegen wurde gut dokumentiert. Demnach verließ sie die Wohnung in der Früh mit einer warmen roten Jacke, einer ebensolchen Mütze und gefütterten pinkfarbenen Stiefeletten. Darunter trug sie eine hellblaue Jeans und einen weißen Pullover mit aufgestickten Schmetterlingen.

Der Freund der Mutter war schon zuvor zur Arbeit

aufgebrochen. Als Kellner in einem Hotel mit Frühstücksservice begann er seinen Dienst immer schon sehr früh und konnte daher über den letzten Morgen, den Lina in seiner Wohnung verbrachte, nichts erzählen. Die Mutter gab an, dass sie ihre Tochter aufweckte, ihr einen Kakao kochte und ein Brot schmierte, ihre Haare bürstete und zu Zöpfen flocht, und sie um 7:30 Uhr aus dem Haus schickte. Danach brach sie zu einer Reinigungsfirma in Arlewatt auf, bei der sie angestellt war. Als sie am Abend von der Arbeit heimkam, war Lina noch nicht von der Schule zurück. Sie machte sich jedoch noch keine Sorgen, da sie dachte, dass Lina wohl bei einer Freundin geblieben wäre.

Sophie legt ihre Lektüre beiseite und versucht, sich die Situation vorzustellen. Lina verließ um halb acht die Mietwohnung in Arlewatt und stieg wenige Minuten später in den Bus. Das scheint gut belegt zu sein, denn eine Lehrerin gab zu Protokoll, Lina wäre, so wie jeden Tag, pünktlich in der Schule erschienen. Besondere Vorkommnisse gab es an diesem Tag nicht und Lina wurde mit den anderen Kindern um 13 Uhr wieder entlassen. Danach verliert sich ihre Spur.

Sophie blättert weiter, bis sie auf die Einvernahme des Busfahrers stößt.

Er konnte nicht sagen, ob Lina gemeinsam mit den anderen Schulkindern einstieg. Und er konnte sich auch nicht erinnern, ob sie in Arlewatt ausstieg, weil er nicht darauf achtete, welche Kinder bei welcher Station ein- oder ausstiegen.

Danach folgen die Einvernahmen von Linas Klassenkameraden. Sie wurden im Beisein der Lehrerin befragt, ob sie Lina auf dem Heimweg gesehen hätten.

All jene, die mit dem Bus heimfuhren, sagten aus, dass Lina auf der Rückfahrt nicht mit im Bus gewesen wäre.

Somit wäre sie gleich nach der Schule verschwunden und ihrem Mörder in die Hände gefallen – allem Anschein nach Milo Asani, der an jenem Tag zwischen Horstedt und Arlewatt mit dem Lieferwagen unterwegs war. Dafür gab es etliche Zeugen, unter ihnen sein Arbeitgeber und die Kunden der Metzgerei, an die er die Waren auslieferte.

Die Hausklingel schreckt sie aus ihren Gedanken auf. Taako geht, um nachzusehen und kommt bald darauf mit einem verlegen wirkenden Jasper zurück, der vor ihrer Couch stehen bleibt.

»Ich würde gern helfen«, sagt er statt einer Begrüßung.

»Beim Kochen?«, scherzt Taako und hält eine Schürze hoch.

»Nee . . . bei diesem verbotenen Fall. Die ganze Zeit frag ich mich, was in diesen Polizeiakten steht, die wir nicht sehen dürfen.«

16

Sophie schlägt vor, Garnelen beim Küstenkutter zu bestellen, aber Taako möchte lieber selbst kochen.
»Es macht mir Freude, ehrlich.«
»Das kenn ich von meiner Mutti, die liebt es auch, selbst zu kochen«, pflichtet Jasper ihm bei. »Sie sagt, das entspannt sie.«
»Ganz genau, so ist es.« Taako bindet sich in Vorfreude bereits die Schürze um.
»Ich bin mit meinem Ordner durch«, berichtet Jasper an Sophie gewandt. »Ich hatte bloß Vernehmungen, hauptsächlich des Täters. Sie haben ihn immer wieder dasselbe gefragt. Stundenlang. Tagelang. Das sind die langweiligsten Protokolle, die ich je gelesen habe. Und er streitet einfach bloß alles ab, weiß von nichts. Nicht einmal die Wasserflasche kann er erklären.«
»Welche Wasserflasche?«, will Taako wissen.
»Jondras. Sie war das zweite Opfer. Diese Wasserflasche hatte sie erst kurz vorher auf ihrer Geburtstagsparty geschenkt bekommen, und genau jene wurde mit ihren Fingerabdrücken darauf unter dem Beifahrersitz von Asanis Lieferwagen gefunden.

Außerdem wurden noch weitere Fingerabdrücke von Jondra an der Innenseite der Beifahrertür gefunden. Im übrigen auch von Lina – und Asani hat nicht mal den Versuch unternommen, diese Abdrücke zu erklären. Stattdessen schwieg er beharrlich und verlangte nach einem Anwalt. Der konnte ihm bei diesen Beweisen aber auch nicht helfen.«

»Hm«, macht Sophie. »Und trotzdem denkst du, dass an Marens Geschichte etwas dran ist?«

»Nee, eigentlich nicht«, gibt Jasper bereitwillig zu. »Um ehrlich zu sein, dachte ich mir, es wäre bloß Zeitverschwendung, aber eine spannende. Ich war neugierig, wie das so ablief zwischen dem Rüden und dem alten Broders. Doch dann verweigerte mir der alte Holger die Akteneinsicht . . . das allein ist doch schon seltsam. Als der Rüde dann völlig ausrastete, kam mir der Gedanke, dass es vielleicht Beweise gibt, die Asanis Anwalt nie zu sehen bekommen hat.«

»Ja, das wäre möglich«, überlegt Sophie. »Mir ist aufgefallen, dass die Vernehmungen sehr einseitig abliefen. Oder Maren hat nur jene Protokollabschriften erhalten, die ihren Vater belasten. Und die anderen – falls es sie gibt – wurden weggesperrt.«

»Scheint so.« Jasper verzieht das Gesicht. »Ohne den Rüden kommen wir an die aber leider nicht ran . . .«

»Das stimmt, aber ich wüsste 'ne andere Möglichkeit, der Sache auf den Grund zu gehen.«

»Dachte ich's mir«, wirft Taako amüsiert ein. »Wer, wenn nicht du? Du bist wie ein Piranha. Wenn du dich einmal festgebissen hast . . .«

»Was für ein reizender Vergleich«, mault Sophie.

»Aber zutreffend«, kichert Jasper und taucht seinen Finger in Taakos Garnelensoße, um sie zu probieren.

17

Nicht nur Ella Hinrichs reagiert hocherfreut, als Sophie und Jasper am frühen Nachmittag auftauchen, auch Billi ist begeistert.

»Guck mal, Nelli, der Papa ist da!« Jasper nimmt seine Babytochter liebevoll in den Arm. Sie blinzelt und streckt ihre kleine Zunge heraus.

»Mann, ist die niedlich.« Sophie streicht ihr zart über die Wangen. »Und wie gehts dir?«, wendet sie sich an die junge Mutter.

»Bestens.« Billi lächelt zufrieden. »Das verdanke ich meiner Schwiegermutter. Ohne die Ella würde ich bereits am Zahnfleisch kriechen.«

»Nun ja, ich hab ja jetzt kaum was zu tun auf dem Campingplatz«, erklärt Jaspers Mutter ein wenig verlegen. »Eine einzige Dauercamperin habe ich über den Winter, da bleibt natürlich viel Zeit für mein Enkelkind. Wollt ihr einen Punsch?«

»Immer«, meint Jasper und auch Sophie freut sich.

»Sehr gerne.«

Sie begleiten Mutti Hinrichs in die Küche. Es ist nicht zu übersehen, dass Sophie hinkt und ihr Fuß in einer warmen Wollsocke steckt.

»Was is 'n mit dir los?«
»Haushaltsunfall. Sag mal, seit wann hast du eigentlich deinen Campingplatz?«
»Seit sechsunddreißig Jahren. Fünf Jahre, bevor Jasper geboren wurde, haben sein Vater und ich diese Anlage hier übernommen«, erzählt Ella nicht ohne Stolz. »Und seitdem ist die Familie Hinrichs hier zu Hause.«
»Wir würden gerne über einen alten Fall mit dir sprechen«, sagt Sophie, da ihr Kollege bloß noch Augen für seine kleine Tochter hat. Er brabbelt in Dauerschleife und zieht Grimassen ohne Ende.
»Bubububu...«
Ella schenkt den heißen Punsch in große Pötte. »Ihr habt Glück gehabt, dass der gerade fertig geworden ist. Welchen Fall denn?«
»Den, als die beiden kleinen Mädchen ermordet wurden, vor zwanzig Jahren.«
»Ach du meine Güte!« Jaspers Mutti schaut erschrocken hoch. »Warum das denn? Ist denn schon wieder....?«
»Nein, keine Sorge, allen kleinen Mädchen in Husum geht es gut – soweit wir wissen. Die Tochter des Täters hegt Zweifel...«
»Ach so, puhhh ... für einen Moment dachte ich echt....«
»Nee, wenn das passiert wäre, hätten wir wohl kaum Zeit für *bubububu*«, lacht Sophie mit einem Seitenblick auf ihren Kollegen.
»Klar, dass sich die Tochter für ihren Vater einsetzt, aber reicht das aus, um so einen Fall wieder aufzurollen?«, fragt Ella stirnrunzelnd.
»Niemand spricht von Aufrollen«, stellt Sophie klar.

»Wir wollen nur herausfinden, ob es tatsächlich Ungereimtheiten in den Ermittlungen gab.«

»Also das kann ich mir nicht vorstellen, der Rüde war doch immer sehr integer und sein Vorgänger, der Broders, das war ein General. Also von seinem Auftreten her, meine ich. Vor dem hatte jeder einen Heidenrespekt.«

»Ja, davon habe ich gehört, und auch, dass sich nie jemand widersprechen traute.«

»Nee, das hätt sich niemand getraut, damals. Auch der Rüde nicht.«

»So etwas ist nicht immer gut«, meint Sophie nachdenklich. »Irgendwann irrt sich jeder mal, und wenn sich dann niemand traut, es aufzuzeigen, ist das fatal.«

»Mhm, so hab ich das noch gar nicht gesehen. Aber ich weiß ja auch keine Details. Zu der Zeit hatte ich ja auch noch keinen Sohn bei der Polizei – Jasper war damals erst elf.«

»Also im selben Alter wie die beiden Mädchen.«

»Stimmt.« Ella nickt und Sophie entnimmt ihrem Blick, dass sie in Gedanken in diese Zeit zurückreist. »Aber er war auf 'ner anderen Schule und es gab auch sonst keine Berührungspunkte, bloß das Gerede.«

»Welches Gerede?« Sophie bläst über ihren heißen Punsch und nippt ein wenig daran.

»Über die Lydia, Linas Mutter. Sie war . . . nun, heute würde man vermutlich sagen, sie war mit der Kleinen überfordert. Mit ihrem ganzen Leben eigentlich.«

»Ach? Und damals, wie habt ihr damals über sie gesprochen?«, hakt Sophie nach.

»Nun ja, wohl mehr in dem Sinne, dass sie 'ne

schlechte Mutter war«, erwidert Ella. »Zu viel Alkohol, vermutlich auch Drogen, kein fixer Job, so was eben. Ständig zog sie mit der Kleinen von einem Liebhaber zum nächsten. Und der, bei dem sie wohnte, als . . . ähem . . . das mit Lina passierte, der war auch kein Guter. Bloß 'n paar Wochen später wurde der wegen 'ner Schlägerei verhaftet. Ich glaube, sie ging dann nach Flensburg. Oder Lübeck? Nee, vielleicht doch Hamburg . . .? Dat is dat, wat ich immer sage, du sollst nicht alt werden. Dat is schlecht fürs Gehirn.«

»Also war Lina ein Kind aus einer zerrütteten Familie? Wo es nicht gleich auffiel, wenn sie mal später von der Schule heimkam?«

»Ja, auf jeden Fall. Das stand ja damals sogar in der Zeitung, dass ihre Mutter erst am nächsten Tag Anzeige erstattete. Das muss man sich mal vorstellen. Wenn mein Junge mal zehn Minuten verspätet heimkam, bin ich schon unruhig auf- und abgelaufen.«

»Und ich kann es mir nicht mal vorstellen, dieses entzückende kleine Wesen hier allein mit dem Bus fahren zu lassen«, bringt sich Jasper nun ein und gibt dem Baby einen zärtlichen Nasenstüber. »Du wirst von mir höchstpersönlich in die Schule gefahren und auch wieder abgeholt.«

Ella verdreht die Augen. »Man kanns auch übertreiben.«

»Und Jondra, ist sie auch vernachlässigt worden?«

»Ich glaube nicht. Über ihre Familie weiß ich weniger. Bloß, dass sie 'ne richtige Familie waren, mit Mutter und Vater, und die beiden Mädchen eben.«

»Die beiden Mädchen?«

»Ja, ich meine, mich erinnern zu können . . . doch ja, ich bin mir ziemlich sicher. Jondra hatte noch 'ne

Schwester, die nicht viel jünger war. Mensch, das muss auch für sie ein Albtraum gewesen sein. Die Polizei hatte Arlewatt damals quasi abgeriegelt. Jeder dort wurde endlos lange befragt. Das muss man sich mal vorstellen, zwei Mädchen aus demselben Dorf wurden so knapp hintereinander ermordet.«

»Ja, das war sicher das Gesprächsthema Nummer eins in ganz Nordfriesland«, meint Sophie und schlürft ihren Punsch. »Mhm . . . der ist richtig gut.«

»Möchtest du mehr?«

»Unbedingt.« Sophie streckt Ella ihren leeren Pott entgegen. »Ich muss das ausnutzen, wenn ich weder im Dienst bin noch fahren muss.« Sie dreht sich mit einem auffordernden Lächeln zu Jasper um.

»Aber klar doch«, grinst jener gutmütig. »Fußkranke alkoholisierte Kolleginnen heimzubringen ist meine Spezialität.«

»So ein Glück aber auch«, freut sich Sophie und wendet sich wieder an Ella. »Und der Täter, dieser Milo Asani, kannst du uns über den auch etwas erzählen?«

»Nee, leider. So klein ist Husum nun auch wieder nicht. Ich weiß nur, dass er 'ne Freundin hatte. Oder 'ne Verlobte, die angeblich von nichts wusste. Die haben sie anschließend fast auf dem Scheiterhaufen verbrannt.«

»Was?« Sophie reißt überrascht die Augen auf.

»Ja, das war unschön. Vor allem, wenn sie wirklich von nichts wusste. Die haben ihr aufgelauert und Ziegelsteine in die Fenster geworfen. Solche Sachen eben. Am Ende haben sie ihr das Haus angezündet.«

»Wer waren die?«

»Weiß ich nicht. Leute. Anhänger der Selbstjustiz. Die Polizei hat nie einen erwischt, oder sie wollte es

nicht . . .«
»Du meinst, die Ermittler damals haben bewusst weggesehen?«
»Vielleicht. Ich weiß es nicht.« Ella legt ihren Kopf schief und runzelt die Stirn. »Ich hab bloß in der Zeitung von dem Brand gelesen, und dass sie gerettet werden konnte. Seitdem habe ich nie wieder etwas von ihr gehört. Aber von den Brandstiftern auch nicht. Fragt mal den Rüden, ob sie jemanden verhaftet haben.«
»Der killt uns, wenn wir noch mal auf das Thema zu sprechen kommen«, hält Jasper dagegen und zieht dümmliche Fratzen für das Baby. »Da wird der Onkel Rüde ganz ganz böse.«
»Und zwar ganz ganz schnell«, stimmt Sophie in den Baby-Sing-Sang mit ein.
Billi kehrt in die Küche zurück, mit Svenja im Schlepptau.
»Wir werden immer mehr«, witzelt sie. »Das kann bloß an diesem göttlich duftenden Punsch liegen.«
»Von dem lässt du die Finger«, stellt Ella klar. »Du stillst noch.«
»Ich weiß, aber ich schwöre, nächstes Jahr trinke ich dafür doppelt so viel.«
Ella schenkt Svenja eine Tasse ein.
»Du siehst blass aus heute.«
»Das wundert mich nicht«, meint jene und nimmt den Punsch in beide Hände. »Es war richtig creepy im Büro. Mit dem Rüden und auch ohne ihn. Kurz bevor ich ging, rief mich Maike an, um von mir zu erfahren, warum ihr Mann so 'ne Scheißlaune hat. Sie sagte, er wäre allein zu 'nem Spaziergang aufgebrochen, was angeblich noch nie vorgekommen ist.« Sie wiegt nun

bedächtig den Kopf hin und her. »Alles sehr befremdlich.«

»Mal sehen, was passiert, wenn ich morgen direkt in dieses Wespennest hineinsteche«, sagt Sophie nun bewusst provokant.

»Wie meinst du das?«

»Ich habe vor, mit den Familien der Opfer zu sprechen.«

*Der verborgene Hass ist gefährlicher
als der ersichtliche*

Denis Diderot

MITTWOCH

18

Nach dem Aufwachen stellt Sophie erfreut fest, dass die Schwellung an ihrer Zehe so weit zurückgegangen ist, dass sie den Fuß in einen alten, ausgelatschten Sportschuh quetschen kann. Normal Belasten funktioniert noch nicht, aber optisch gesehen ist es eine deutliche Verbesserung.

Ihre Laune hebt sich sofort, dank des wiedergewonnenen Stückchens Normalität.

Allerdings nur, bis sie im Büro ankommt. Die angespannte Stimmung dort ist beinahe körperlich spürbar. Obwohl vom Hauptkommissar nichts zu sehen ist, sitzen Jasper und Svenja mit langen Gesichtern an ihren Schreibtischen. Die Stille zwischen ihnen spricht Bände.

Sophie geht nach dem Morgengruß erst mal in die Personalküche, um sich eine heiße Tasse Kaffee zu genehmigen.

Svenja kommt hinterher.

»Es gab heute früh schon Stunk«, flüstert sie.

»Dachte ich mir fast.«

»Der Rüde ist nach wie vor angepisst, weil wir in dem alten Fall rumstochern.«

»Auch das hab ich vermutet.«
»Wollen wir das wirklich weiterhin durchziehen?« Svenja dreht unschlüssig eine ihrer langen blonden Strähnen hin und her.

»Also, ich auf jeden Fall«, kommt es überraschenderweise von Jasper, der ihnen mit seiner leeren Kaffeetasse gefolgt ist.

»Das wundert mich jetzt schon ein wenig«, meint Svenja perplex. »Früher hast du dem Chef nie widersprochen. Ganz im Gegenteil, du warst quasi sein Adjutant.«

»Mag sein«, gibt Jasper freimütig zu. »Aber ich hab nachgedacht und gestern Abend auch noch mit Billi darüber gesprochen. Bevor Sophie zu uns kam, waren die Verhältnisse klar. Der Rüde war der Chef, und wir haben gemacht, was er gesagt hat. Punkt. Doch seit einem Jahr hab ich das Gefühl, dass wir ein Team sind. Und zwar ein gutes Team, wo jeder mit seinen Stärken und Schwächen respektiert wird. Und jetzt gibt es plötzlich Anweisungen, versperrte Akten und sogar Drohungen, die im Raum hängen. Das gefällt mir nicht.«

»Mir auch nicht«, stimmt Svenja zu. »Es fühlt sich fast an, als ob der Rüde uns etwas verheimlichen will.«

Zu ihrem Entsetzen lehnt Thomsen plötzlich im Türrahmen und mustert sie grimmig. »Das denkt ihr also? Ihr denkt, wir haben damals Fehler gemacht? Den Falschen verhaftet? Irgendwelche Dinge vertuscht?«

»Äh . . . niemand denkt das . . .«, stottert Svenja, doch ihr Chef fährt ihr über den Mund.

»Natürlich tut ihr genau das. Habt ihr überhaupt eine Ahnung, was ihr da lostretet? Könnt ihr euch auch nur annähernd vorstellen, wie sehr diese Familien gelitten haben? Und nun sollen sie alles noch mal durchleben? Ist euch nur ein einziges Mal der Gedanke gekommen, dass diese Akten aus gutem Grund weggesperrt wurden? Diese Mordfälle waren nicht nur die Hölle für die Angehörigen, sondern auch für uns Ermittler. Broders wollte einfach sicherstellen, und zwar nachdem der Täter nach allen Regeln der Kunst überführt worden war, dass sämtliche Beteiligte in der Sache zur Ruhe kommen können. Deshalb hat er die Anweisung erteilt, ihn sofort zu informieren, sollte jemand in diesem Fall neuerlich herumstochern wollen. Das hat er auch allen gegenüber klargestellt. Dieses Erbe ist nun auf mich übergegangen und ich sehe es als meine Pflicht, dafür zu sorgen, dass die Familien der Opfer nicht neuerlich traumatisiert werden.«

In der Küche ist es jetzt so still, dass man das leise Summen des Kühlschranks hören kann. Svenja guckt beschämt auf ihre Schuhe, und Jasper, der nicht weiß, wo er hingucken soll, macht es ihr nach. Auch Sophie schluckt.

»Wenn das stimmt«, sagt sie dann betont sachlich, »wenn die Sperre der Akten nichts mit möglichen Ermittlungsfehlern oder Versäumnissen zu tun hat, warum hat Maren Jakobsen dann bloß belastendes Material gegen ihren Vater? Wurde einseitig ermittelt oder wurde dem Angeklagten beziehungsweise seinem Anwalt Material vorenthalten?«

»Wie kannst du bloß?«, schreit Thomsen und sein Gesicht verfärbt sich dunkelrot vor Zorn. »Wie kannst du bloß so etwas unterstellen? Du warst damals nicht dabei. Du weißt nichts über die Grausamkeit, mit der diese Morde durchgeführt wurden. Du weißt nichts davon, was diese Kinder durchmachen mussten. Dieser

Täter war eine Bestie. Und nun kommst du – zwanzig Jahren später – und fällst auf das tränenreiche Gesülze seiner Tochter herein. Einer Tochter, die keine Ahnung hat, wozu ihr Vater fähig ist – und die vermutlich bloß deshalb noch lebt, weil diese mörderische Bestie, die sie gezeugt hat, all die Jahre weggesperrt war.«

Sophie zieht die Schultern hoch und den Kopf ein. Es ist nicht leicht, ihrem Chef die Stirn zu bieten, wenn er so in Rage ist.

»Dennoch ändert das nichts daran, dass Maren unmöglich alle Unterlagen haben kann«, bleibt sie sachlich und stur zugleich. »Auf die Gefahr hin, mich zu wiederholen: Wenn das alles ist, was dem Täter und infolge seiner Tochter ausgehändigt wurde, dann wurde entweder etwas unterschlagen oder einseitig ermittelt. Ich beziehe mich zum Beispiel auf die Vernehmungsprotokolle der Lehrerinnen, der Kinder und der Direktorin – die wurden definitiv einseitig geführt. Sie sind voller Suggestivfragen, und allgemeine Fragen über die Familiensituationen der Mädchen fehlen. Weiteres Beispiel: Wo sind die Protokolle der Befragungen der Freundinnen der Mädchen? Die gibt es nicht. Hatten beide Mädchen keine Freundinnen? Das wäre doch ungewöhnlich, oder? Das zweite Opfer, Jondra Maas, hatte eine Schwester, die hat bei ihrer Einvernahme kein Wort gesagt, sondern bloß geweint. Ich frage mich, warum?«

Thomsen starrt sie nun an, als würde er ihr am liebsten eine Ohrfeige verpassen. »Meerkatz, ich denke, du bist nicht mehr ganz bei Trost!«, flucht er viel zu laut. »Jondras Schwester war damals zehn Jahre alt. Ein völlig verstörtes kleines Mädchen, das die Welt nicht mehr verstand – aufgrund dessen, was man ihrer

Schwester angetan hatte. Sie wusste von nichts, und es war völlig nachvollziehbar, dass sie Angst hatte und weinte.«

»Ich möchte trotzdem . . .«, beginnt Sophie neuerlich, doch Thomsen lässt sie nicht mehr weitersprechen.

»Es interessiert mich nicht, was du trotzdem möchtest!« Er blickt nun Jasper und Svenja an, die immer noch ihre Schuhe betrachten. »Ich werde die Akten für euch freigeben. Ihr könnt alles lesen, was darin steht, aber ich ordne hiermit klipp und klar an, es werden keinerlei Aktionen gesetzt. Insbesondere kontaktiert niemand die Familien der Opfer. Ist das klar?«

Jasper und Svenja nicken erleichtert.

»Meerkatz?«

Sophie verzieht unwillig die Mundwinkel. »Ich wollte soeben fragen, ob ich noch einen Tag freihaben kann.«

»Meinetwegen«, knurrt Thomsen. »Freinehmen kannst du, aber die Familien der Opfer sind tabu. Egal, ob beruflich oder privat!«

»In Ordnung«, gibt sie schließlich nach, bevor der Blutdruck ihres Chefs endgültig entgleist. »Die Familien sind tabu.«

19

Nachdem der Hauptkommissar seinen Mitarbeitern persönlich die Archivboxen mit den Akten ausgehändigt hat, beschließt er, sich ebenfalls den Rest des Tages freizunehmen. In dem Bemühen, seinen aufgestauten Zorn auf die Meerkatz loszuwerden, spaziert er über den Weihnachtsmarkt. Was bildet die sich eigentlich ein? Es geht sie nicht das Geringste an, was vor zwanzig Jahren geschehen ist. Die Zeiten waren anders, aber trotzdem hatten sie damals einen genauso guten Job gemacht wie heute.

Bei einem weihnachtlich geschmückten Getränkestand bestellt er sich einen heißen Beerenpunsch und blickt über den Markt. Um diese Jahreszeit tummeln sich nicht nur Einheimische, sondern auch zahlreiche Touristen zwischen den weihnachtlich dekorierten Hütten rund um den Tine-Brunnen. Es riecht nach Lebkuchen, gebrannten Mandeln und Zimt. Er überlegt, ob er sich ein paar heiße Futjes gönnen soll, als ihn plötzlich jemand von hinten antippt.

»Ist das nicht mein Bärchen?«

»Schatz!«, freut sich Thomsen. »Darf ich dir einen Punsch ausgeben? Was machst du hier?«

»Ich hab mir heimlich freigenommen, um Weihnachtsgeschenke zu besorgen«, gesteht Maike lachend. »Und du?«

»Ähem . . . ich auch.«

»Bärchen, Bärchen, du musst besser schummeln lernen! Wer mit solch grimmigem Gesicht auf 'nem Weihnachtsmarkt rumsteht, ist nicht zum Shoppen gekommen.«

»Hab ich grimmig geguckt?«

»Und wie.« Maike zieht eine verbiesterte Grimasse, um es zu demonstrieren.

»Okay, du hast recht. Ich hab mich über die Meerkatz geärgert. Ich versteh einfach nicht, warum dieses Weib es nicht schafft, die Adventszeit zu genießen? Jetzt hat sie endlich einen Mann – sogar mit Kind – überall sind Lichter, Fröhlichkeit und Weihnachtsklänge, und was macht sie? Wühlt in einer Vergangenheit herum, die entsetzlich war, mischt sich in Dinge, die sie nichts angehen und hetzt meine eigenen Leute gegen mich auf!«

»Ach Bärchen, jetzt übertreibst du aber.«

»Tu ich nicht. Ich habe es selbst gehört. Jasper und Svenja wollen meinen Anordnungen nicht mehr gehorchen, sie sehen sich – dank Meerkatz – nun als Teil eines Teams. Das hab ich nun davon! Der Broders musste sich mit so etwas nie rumschlagen. Vor dem hatte jeder Respekt. Was er sagte, das zählte. Wir sagten, *"jawoll, Chef"*, und *"sofort, Chef"*. Wenn der das Wort Team bloß gehört hätte, hätte er uns dem Erdboden gleichgemacht.«

»Und du denkst wirklich, das war besser? Mit so einem Despoten?«, fragt Maike skeptisch und zieht die Mütze tiefer, um ihre Ohren vor dem eiskalten Wind zu schützen. »Hattet ihr wirklich Respekt, oder war er bloß furchteinflößend? Da gab es doch sicher mal Situationen, wo du dachtest, etwas besser zu wissen, aber kein Gehör fandest.«

»Nun ja, schon . . .«, lenkt Thomsen ein. »Aber es war eben klar, wer der Chef war . . .«

»Das ist es jetzt doch auch.«

»Für die Meerkatz offenbar nicht«, brummt er, aber nun klingt es eher schmollend als wütend.

»Kann es sein, dass du dich deshalb so ärgerst, weil sie heute mutiger ist, als du damals warst?«, fragt seine Frau nun direkt und blickt ihn mit einem kessen Augenaufschlag an.

»Quatsch.« Thomsen schüttelt mürrisch den Kopf. Doch die Erinnerungen, die sich nun in selbigem breitmachen, kann er damit nicht vertreiben.

Maike streicht ihm liebevoll über die Wange.

Komm, wir lassen dieses Thema bleiben und gönnen uns einen Nachschlag von diesem köstlichen Punsch.«

20

Der eisige Wind pfeift laut durch die weihnachtlich geschmückten Gassen von St. Peter-Ording. Maren zieht ihre Mütze tiefer in die Stirn und zurrt die Kapuze ihres Mantels fest. Das Wetter hier an der Küste ist rauer, als sie erwartet hatte. Die Kälte kriecht ihr bereits in die Knochen. Doch aufzugeben und in das warme Zimmer in der kleinen Pension zurückzugehen, erlaubt sie sich nicht.

Noch nicht.

Dass die Kripobeamten in Husum sie nicht gleich hochkant hinausgeworfen haben, war auf jeden Fall ein Erfolg – ob sie in der Sache jedoch etwas unternehmen, ist fraglich. Werden sie nachbohren in einem so furchtbaren Fall, der schon so lange abgeschlossen ist? Nach der Übergabe der Akten, war sie noch euphorisch, doch mittlerweile hegt sie Zweifel. Es genügt nicht, auf Tätigkeiten anderer zu hoffen, sie sollte die Dinge lieber selbst in die Hand nehmen.

Womöglich ist es ohnehin längst zu spät. Linas Mutter ist vor fünf Jahren an Krebs verstorben und der Mann, bei dem sie und das Mädchen damals wohnten, lebt ebenfalls nicht mehr. Er ist vor zwei Jahren bei einem Verkehrsunfall verunglückt. Die beiden können ihr nichts mehr erzählen.

Bleibt bloß Jondras Familie. Die Eltern sind nach Abschluss der Ermittlungen mit Fenna, der jüngeren Tochter, nach St. Peter-Ording gezogen, soviel hatte sie bereits herausgefunden. Auch die Adresse konnte sie in Erfahrung bringen.

Nun steuert sie auf das kleine Reetdachhäuschen zu, das aussieht, als würde es sich vor dem kalten Wind unter eine Linde ducken.

Das Gartentor hängt schief in den Angeln. Nachdem der Vorgarten winzig ist, geht sie hindurch und klopft direkt an die Haustür.

Eine magere Frau in den Fünfzigern öffnet ihr. Offenbar ist sie beim Hausputz, denn in einer Hand hält sie einen Wischmopp.

»Frau Maas?«, fragt Maren und stellt sich selbst wahrheitsgemäß vor. Sie legt auch offen, wessen Kind sie ist.

Sämtliche Farbe verschwindet aus dem Gesicht der Frau und ihre Gesichtszüge verhärten sich. Der Wischmopp kracht zu Boden.

Maren entschuldigt sich, sie erschreckt zu haben und bückt sich, um ihn wieder aufzuheben.

»Ich möchte bloß mit Ihnen sprechen. Bitte . . .«
»Verschwinden Sie!«
»Aber, ich möchte doch bloß . . .«
»Sie sollen verschwinden!«

Die Frau schreit nun so laut, dass es Maren kalt den Rücken hinunterläuft.

»Okay.« Sie lehnt den Wischmopp an die Wand und zieht sich ein paar Schritte zurück. »Entschuldigen Sie, dass ich Sie so aufgeregt habe. Falls Sie Ihre Meinung ändern, ich wohne in der Pension Rosendahl in Husum . . .«

»Sie sollen sich verpissen!«, schimpft die Frau, in deren Augen nun der pure Hass zu erkennen ist. »Kommen Sie nie wieder hierher, oder es wird Ihnen leidtun!«

Als die Tür vor Marens Nase ins Schloss kracht, fühlt es sich an, als hätte sie eine schallende Ohrfeige erhalten. In ihrem ganzen Leben war sie noch nie mit so viel Abscheu behandelt worden.

Es hat zu schneien begonnen, doch sie bemerkt es nicht. Auch die Kälte spürt sie nicht mehr. Heiße Tränen laufen über ihre Wangen und fallen in den Schnee.

21

Nachdem Sophie ihrem Vorgesetzten notgedrungen ihr Wort gegeben hat, die Familien der Opfer bei ihren Nachforschungen außen vor zu lassen, beschließt sie, stattdessen die Lehrerinnen der ermordeten Mädchen aufzusuchen, um so etwas über eventuelle Freundinnen zu erfahren. Aus eigener Erfahrung weiß sie, dass man mit elf Jahren alt genug ist, um Geheimnisse zu haben, die man bloß mit der besten Freundin teilt.

Auf dem Weg ruft sie über die Freisprecheinrichtung ihres Nissans an der Gemeinschaftsschule Horstedt an. Die Direktorin, zu der man sie weiterverbindet, verpasst ihrer Hoffnung jedoch einen Dämpfer. Sie erzählt, dass sich ihre Vorgängerin, die vor zwanzig Jahren die Schule leitete, vor zwei Jahren in den Ruhestand verabschiedet hat. Und zwar nach Mallorca.

»Ich kann aber gerne in den Unterlagen nachsehen, welche Lehrer die Mädchen damals unterrichtet haben«, bietet sie an.

»Danke, das ist nett«, erwidert Sophie. »Ich bin bereits auf dem Weg zu Ihnen.«

Während sie die Adresse der Schule ins Navi eintippt, meldet ihr Handy mit dem vertrauten

elektronischen Möwengeschrei einen Anruf.
»Ja?«
»Frau Oberkommissarin, hier spricht Maren Jakobsen. Können wir uns bitte kurz treffen?«
Die Stimme der jungen Frau klingt so verzweifelt, dass Sophie nicht ablehnen möchte.
»Wo sind Sie denn?«
»Am Bahnhof in Husum. Es gibt hier ein kleines Café neben dem Ausgang....«
»Kenn ich«, unterbricht sie. »Ich fahre gerade daran vorbei und bin in zwei Minuten bei Ihnen.«

* * *

Sophie registriert erschrocken, wie schlecht Maren aussieht. Sie ist blass, verweint und wirkt völlig verzweifelt.
Den Tee, der vor ihr steht, hat sie noch nicht angerührt.
»Es tut mir leid, es ist noch viel zu früh, um Ihnen etwas zu sagen, Sie müssen noch Geduld aufbringen....«, beginnt Sophie, doch Maren unterbricht sie schluchzend.
»Geduld wird auch nicht helfen. Das alles ist zu lange her. Die Leute sind tot oder von Leid und Hass zerfressen... ich habe versucht, mit Jondras Mutter zu sprechen... das war ein Albtraum... sie hat mich so angeschrien... ich hab mich wie Müll gefühlt hinterher. Aber das ist noch nicht das Schlimmste. Das

Schlimmste ist, dass ich niemals beweisen kann, dass mein Vater unschuldig ist, wenn die Menschen, die etwas wissen könnten, entweder bereits tot sind oder nicht mit mir sprechen wollen.«

Sophie ist versucht, dem unglücklichen Mädchen über den Kopf zu streicheln, so hilflos und verzagt, wie sie ihr gegenübersitzt. Doch sie ermahnt sich in Gedanken, sachlich zu bleiben.

»Warum sind Sie sich eigentlich so sicher? Ich weiß, ich hab Sie das schon mal gefragt, aber nun, da ich so viel mehr über den Fall weiß, muss ich Ihnen sagen, dass alles in den Akten auf Ihren Vater hindeutet. Die Fingerabdrücke beider Mädchen waren in seinem Lieferwagen, und zwar innen, nicht außen. Und Jondras Trinkflasche wurde unter dem Beifahrersitz gefunden. Das sind sogenannte Hard Facts, die kann man nicht ignorieren.«

»Das weiß ich doch«, schnieft Maren. »Aber mein Vater sagt, er hätte die Mädchen, die in Arlewatt wohnten, immer wieder mal mit nach Hause genommen, wenn sie ihren Bus verpasst hatten. Das war doch bloß nett.«

»Ja klar, wenn man es bedingungslos glaubt«, erwidert Sophie verhalten. »Aber so einfach ist es nicht. Alles, was ich Ihnen versprechen kann, ist, in dieser Sache nochmals nachzuhaken. Aber bitte machen Sie sich keine allzu großen Hoffnungen.«

»Sehen Sie mich an. Sehe ich aus wie jemand, der überhaupt noch Hoffnung hat?«

»Ach Maren, Sie dürfen auch nicht gleich völlig verzweifeln. Die Welt geht nicht unter, wenn alles bleibt, wie es ist. Sie können doch auch so eine Beziehung zu Ihrem Vater aufbauen ...«

»Indem ich ihn regelmäßig im Gefängnis besuche?« Die junge Frau mit den verweinten Augen sieht überrascht hoch. In ihrem Gesicht spiegelt sich blanke Fassungslosigkeit.

Sophie nickt dennoch. »Ich weiß, es ist hart. Aber es ist mehr, als die Familien der Opfer haben.«

22

Die Direktorin der Gemeinschaftsschule Horstedt stellt sich als mollige Frau im mittleren Alter heraus, die ihr Herz auf der Zunge trägt. Ihr Lächeln wirkt ehrlich, als sie zum Aufwärmen einen Tee anbietet.
»Sehr gern. Bei diesem Wetter bin ich dankbar für jeden heißen Schluck.« Sophie reibt sich fröstelnd über die Unterarme, während sie sich interessiert im Raum umsieht.
Auf dem Tisch neben dem Fenster liegen zwei Kuverts, auf denen ihr Name steht.
»Ich habe die Unterlagen für Sie vorbereitet«, erläutert Frau Mörk, während sie den Tee einschenkt. »Wie ich Ihnen am Telefon bereits sagte, war ich damals noch nicht hier, aber ich habe versucht, mich so gut wie möglich zu informieren.«
Sophie öffnet eines der Kuverts und zieht ein Blatt Papier heraus, auf dem etliche Namen notiert sind. Daneben sind – jeweils in Klammern – die jeweiligen Unterrichtsfächer vermerkt.
»Das waren Linas Lehrer«, erklärt die Direktorin überflüssigerweise, da die Liste mit *Lehrer Lina Wessel* übertitelt ist. »Von all jenen ist nur noch Frau Kruse,

die Deutschlehrerin, bei uns, und auch sie geht nächstes Jahr in den Ruhestand.«
»Hat sie auch Jondra unterrichtet?«, hakt Sophie nach.
»Ja, ich denke schon.« Frau Mörk zieht die Liste aus dem zweiten Kuvert und gleicht die Namen ab. »Ja, richtig, Hella Kruse, Deutsch.«
»Könnte ich mit ihr sprechen?«
»Ich habe schon vermutet, dass Sie danach fragen werden und mir den Dienstplan angesehen. Sie haben Glück, in fünf Minuten ist die Stunde aus, danach hat sie heute keine weiteren Klassen.«

* * *

In Sophies Vorstellung muss jemand, der Hella Kruse heißt, krauses silbernes Haar haben. Deshalb ist sie ganz erstaunt, als eine sportlich wirkende ältere Dame mit einer dunkelblonden Igelfrisur in einer knallroten Softshelljacke auf sie zukommt.
»Wollen wir ein wenig spazieren gehen?«, fragt sie, nachdem Sophie sich vorgestellt und ihr Anliegen erklärt hat.
»Bei dem Wetter?«, fragt Sophie zurück.
»Ach, das bisschen Wind, was macht das schon?«
»Es regnet auch«, stellt Sophie klar.
»Wir sind ja nicht aus Zucker«, lacht Frau Kruse und zippt ihre Jacke zu. »Wenn Sie wollen, leihe ich Ihnen meinen Schirm.«

»Nicht nötig, danke.«

Außerhalb der Schule kommt Frau Kruse von allein auf die Morde zu sprechen.

»Unglaublich, dass so viele Jahre später noch mal jemand nachfragt. Der Täter wurde doch damals schon gefasst.«

»Ja, das ist richtig, aber er hat nie gestanden«, erklärt Sophie, während sie an den Bändern ihrer Kapuze nestelt. Eines ist durch die Öse in den Stofftunnel gerutscht, sodass sie es nicht mehr herausbekommt. »Er behauptet nach wie vor, die Polizei hätte ihm diese Morde angehängt. Können Sie sich erinnern, was damals passiert ist?«

Frau Kruse nickt überdeutlich.

»Als ob es gestern gewesen wäre. Durch die vielen Befragungen habe ich alles siebzehnmal wiedergekäut, so haben sich die Erinnerungen noch mehr in meinem Kopf eingebrannt.«

»Erzählen Sie mir von Lina«, bittet Sophie und hält ihre Kapuze mit beiden Händen fest, damit sie ihr der Wind nicht vom Kopf reißt.

»Aber gern«, meint Frau Kruse und geht völlig entspannt neben ihr her, als ob bestes Sommerwetter wäre. »Sie war ein Mädchen aus ärmlichen Verhältnissen. Ihre Mutter zog mit ihr von Husum nach Arlewatt und sie musste deshalb die Schule wechseln. Leider war sie nicht sehr begabt und hatte es dadurch schwerer im Leben als andere . . . und durch den Schulwechsel mitten im Jahr – sie kam Anfang Dezember zu uns – war es noch mal schwieriger für sie. Sie war nicht glücklich hier. Sie trauerte ihrer alten Schule nach, und wohl auch den Freundinnen, die sie

dort hatte.«
»Hat sie hier keine neuen gefunden?«, fragt Sophie verwundert.
»Nein, nicht so schnell. Manchmal dauert es eben 'ne Weile, bis es mit der Integration klappt. In Linas Fall war das so. Die anderen Mädchen in ihrer Klasse ließen sie links liegen.«
»Konnten Sie da nicht eingreifen?«
»Das ist im Rahmen des Deutschunterrichts nicht so einfach«, rechtfertigt sich Frau Kruse sofort. »Lina war kein Kind, das aus sich herausging. Sie war verschlossen und abweisend, am Anfang auch mir gegenüber.«
»Mit der Zeit wurde es besser?«
»Ja, soweit es mich betraf, schon. Außerdem fiel mir auf, dass sie nach der letzten Stunde bummelte. Ganz so, als ob sie es darauf anlegen würde, den Bus zu verpassen. Sie wollte nicht heim, das war die unausgesprochene Botschaft. Es war kein Geheimnis, dass sie gern die Landstraße entlang schlenderte. Ein paar Mal nahm ich sie im Auto mit nach Arlewatt, da wollte sie jedes Mal, dass ich sie beim Nordhuus rauslasse.«
»Was ist das Nordhuus?«
»'Ne Gaststätte. Die haben dort Süßkram für Kinder, im Sommer auch Eis, aber ich hab immer darauf bestanden, sie zu Hause abzusetzen. Einmal hat sie mir dann gestanden, dass sie Angst hat.«
»Vor wem?«, hakt Sophie nach.
»Vor dem Freund ihrer Mutter.«
»Ach. Haben Sie das damals auch der Polizei erzählt?«
»Ja, aber leider erst nach ihrem Tod, als ich von den

Kommissaren befragt wurde. Letztlich war es aber nicht wichtig«, winkt Frau Kruse ab. »Der Kerl hatte ein Alibi und somit konnte er es nicht gewesen sein.«
»Verstehe . . .« Sophie notiert sich das. »Können Sie sich an den Tag erinnern, an dem Lina verschwand?«
»Nee, da lag ich krank zu Hause. Ich hatte 'ne schlimme Erkältung, die mich für die ganze Woche ins Bett zwang.«
»Und Jondra? Wie war sie?«
»Ganz anders. Sie war integriert in ihrer Klasse, sie war beliebt und hatte viele Freundinnen.«
»Ja? Haben Sie Namen?«
»Natürlich. Die habe ich für Sie notiert, gleich unter den Lehrern. Rita Hansen habe ich unterstrichen. Sie war ihre beste Freundin. Diese Namen habe ich damals auch der Polizei genannt. Außerdem hatte sie noch eine jüngere Schwester, Fenna, die auch hier zur Schule ging.«
»Wissen Sie noch, wie das war – an dem Tag, als Jondra verschwand? Gingen die Schwestern da gemeinsam nach Hause?«
»Das kann ich nicht sagen. Aber ich weiß, dass sie zur selben Zeit aus hatten. Ich erinnere mich deshalb so genau, weil wir es damals mit der Kripo nachgestellt haben. Es war ein Montag, und beide Mädchen hatte um 13 Uhr aus. Jondra hatte am Tag zuvor Geburtstag gehabt. Den haben wir in der Deutschstunde mit einem kleinen Ritual gefeiert. Da hat sie mir ganz stolz ihre neue Wasserflasche gezeigt. Nach Schulschluss sah ich dann beide Mädchen in der Garderobe, wo Jondra weinend diese Flasche suchte. Ich riet den beiden, sich lieber zu beeilen, damit sie ihren Bus nicht verpassten. Tja, mehr weiß ich auch nicht. Die Kripobeamten

erzählten uns später, Fenna wäre heimgefahren, aber Jondra hätte ihren Bus verpasst. Scheint, als ob sie noch 'ne Weile gesucht hätte und dann in den Lieferwagen ihres Mörders eingestiegen ist.«
»Offenbar, nachdem sie ihre Flasche gefunden hat...«, murmelt Sophie.
»Das wissen Sie?«, fragt die Lehrerin erstaunt.
»Ja, die Flasche wurde im Lieferwagen des Täters sichergestellt.«
»Oh, wie traurig«, bedauert Frau Kruse. »Hätte sie nicht nach dieser Flasche gesucht, wäre sie wohl heil mit den anderen Kindern nach Arlewatt gekommen.«
»Stimmt, das Schicksal nimmt manchmal eigenartige Wege. Wenn Sie sich die beiden ermordeten Mädchen in Erinnerung rufen, hatten sie auch etwas gemeinsam?«
»Gemeinsam? Hm... da muss ich nachdenken. Nun, sie wohnten beide in Arlewatt, und sie hatten es nie eilig, heimzukommen. Wissen Sie, es gibt Kinder, die laufen los, sobald die Schulglocke ertönt. Und dann gibt es welche, die bummeln. Meiner Erfahrung nach sind das jene, die... ach egal... das ist jetzt vielleicht nicht nett den Eltern gegenüber«, wird Frau Kruse plötzlich unsicher.
»Nein, ich möchte es hören«, insistiert Sophie.
»Nun gut. Ich meine jene, die sich zu Hause nicht sicher fühlen«, umschreibt die Lehrerin die Situation so gut sie kann.

23

Jasper überblickt die Boxen aus dem Archiv, die sich nun auf dem Besprechungstisch stapeln. Er entscheidet sich, eine zu öffnen, die mit "*nicht relevant"* etikettiert worden ist.

»Ich glaube, hier sind wir richtig, wenn wir nach Material suchen, das außen vor bleiben sollte.«

»Gut möglich.«

Svenja nimmt neugierig die obersten Papiere heraus.

»Jede Menge Protokolle«, seufzt sie. »Die haben wirklich viele Zeugen befragt. Und hier sind offenbar all jene Berichte gelandet, die nichts zur Klärung beitragen konnten.«

»Oder als solche eingestuft wurden«, ergänzt Jasper mit einem verschwörerischen Unterton.

»Du meinst absichtlich?«

»Vielleicht, wenn man es sich leicht machen wollte? Wenn eine Aussage nicht zu der Geschichte passte, die man glauben wollte, wäre es doch recht bequem, sie als irrelevant wegzusperren. Genauso gut könnte es auch unabsichtlich passiert sein, vielleicht hat jemand nicht erkannt, dass er in Wahrheit eine wichtige Information falsch ablegt hat.«

»Oder alles, was hier drin ist, ist tatsächlich überflüssig«, stöhnt Svenja.

Hauptkommissar Thomsen kommt aus seinem Büro und mustert seine beiden Mitarbeiter mit zusammengekniffenen Brauen.

»Seid ihr jetzt zufrieden?«, knurrt er.

»Irgendwie schon«, gibt Jasper unumwunden zu. »Ist doch logisch, dass wir neugierig sind, was die Morde von damals betrifft, umso mehr, wenn der Holger die Akten nicht herausrückt.«

»Das geht mir genauso«, schlägt Svenja in dieselbe Kerbe. »Ich war damals erst sieben, so gesehen ist das für mich ein Stück Zeitgeschichte.«

»Für mich auch«, bekräftigt Jasper. »Ich war damals noch ein Schuljunge, während du bereits in so spektakulären Mordfällen ermittelt hast. Noch dazu mit dem Broders!«

»Was soll das denn heißen?«, blafft Thomsen.

»Nun, bei allem Respekt, Chef, aber der war schon sehr einschüchternd. Ich denke nicht, dass ich mich je getraut hätte, in seiner Gegenwart etwas vorzuschlagen, oder auch nur eine Frage zu stellen.«

»So geht es mir auch«, stimmt Svenja mit ein. »Obwohl ich ihn nie persönlich kennengelernt habe. Ich habe fast Angst vor ihm, obwohl ich nur die Protokolle lese.«

»Quatsch«, brummt Thomsen.

»Okay, vielleicht hab ich ein wenig übertrieben«, erwidert Svenja nun mit einem spitzbübischen Lächeln, »aber Fakt ist, du bist ein so viel besserer Chef als er!«

»Findest du?« Thomsens Augen weiten sich vor Überraschung.

»Absolut«, pflichtet Jasper seiner Kollegin bei und der Hauptkommissar ist plötzlich ein wenig gerührt, weil es mit dem ehrlichen Brustton der Überzeugung gesagt wurde.

»Na ja . . . ähem . . . dann noch viel Spaß mit . . . der Zeitreise, aber nicht vergessen, Überstunden gibts dafür keine, ganz im Gegenteil, ihr wisst, ihr sollt . . .«

»Ja, Chef, wissen wir«, zwitschert Svenja. »Wir machen um drei Schluss.«

»Schön. Für mich ist jetzt schon Feierabend.« Thomsen gibt noch ein Brummen von sich, um seinen Worten Nachdruck zu verleihen und wendet sich zum Gehen. An der Glastür stößt er mit einer Jugendlichen zusammen, deren Frisur ihm auf der Stelle ins Auge springt. Links weißblond und rechts schwarz, dazu tiefblaue Augen, die ihm auf eigenartige Weise bekannt vorkommen.

»Willst du zur Kripo?«, fragt er irritiert.

»Ja.« Sie mustert ihn nun genauso skeptisch wie er sie.

»Und warum?«

»Das ist Privatsache.«

»Ach?« Er zieht die Brauen hoch. »Wenns 'ne Privatsache ist, dann gehst du damit besser nicht zur Kripo.«

»Okay, okay.« Sie verdreht die Augen bis zur Decke. »Ich suche bloß meine Tante.«

»Nun denn, dann komm rein.« Er hält ihr die Glastür auf. »Svenja, die junge Dame möchte 'ne Vermisstenanzeige aufgeben.«

»Möchte ich nicht«, stellt die Jugendliche klar.

»Äh . . . du sagtest gerade, du suchst deine Tante.«

»Ja. Und ich sagte nicht, dass sie vermisst wird.«

Thomsen schüttelt genervt den Kopf. Wieder einmal muss er feststellen, dass Jugendliche nicht sein Fall sind. Sein Sohn Peet war auch unerträglich gewesen in diesem Alter.
»Wie heißt du denn?«, versucht Svenja zu vermitteln.
»Motte.«
Das Mädchen mit den schwarz-weißen Haaren lässt sich auf Svenjas Besucherstuhl nieder.
»Motte? Und weiter?« Svenja klimpert auffordernd mit den Wimpern.
»Sagen Sie meiner Tante einfach, dass Motte hier auf sie wartet, dann kennt sie sich aus.« Die Jugendliche zieht eine Packung Kaugummi aus der Tasche, wickelt einen Streifen aus und steckt ihn in den Mund.
Svenja sieht ihr eine Weile beim Kauen zu.
»Warum rufst du sie nicht einfach an?«, fragt sie dann mit einem betont geduldigen Lächeln.
Der Blick des Mädchens verfinstert sich. Ganz offensichtlich hasst sie es, nicht für voll genommen zu werden.
»Würde ich tun, wenn ich ihre Nummer hätte.«
»Okay.« Svenja verdreht innerlich die Augen. »Hast du wenigstens 'nen Namen?«
»Sophie Meerkatz.«
»Meerkatz?« Thomsen, der schon halb aus der Tür war, dreht wieder um. Aus Gründen, die er sich selbst nicht erklären kann, muss er plötzlich lachen. »Die Meerkatz ist deine Tante?«
»Sie finden das lustig?«
»Jahahaha. Und wie!«

Thomsen hält sich immer noch den Bauch, als er in seinen Landrover steigt. Kaum läuft der Motor, tippt er

auf dem Display Maikes Nummer an.
»Bärchen! Schon auf dem Heimweg?«
»Jahahaha.«
»Na, du hast aber prächtige Laune. Was ist denn passiert?«
»Die Meerkatz hat eine Nichte namens Motte. Und die sieht so richtig nach Ärger aus!«

24

Die Worte der Lehrerin hallen in Sophies Kopf nach. Kinder, die sich in ihren Familien nicht sicher fühlen, sind eine leichte Beute. Speziell Lina, die nicht einmal Freundinnen hatte. Warum hat sie sich zu Hause nicht wohlgefühlt? Mochte sie den neuen Freund der Mutter nicht, wegen dem sie nach Arlewatt umziehen mussten? Oder war es die Mutter selbst, die ihr Angst machte? Was machten die beiden an jenem Nachmittag, als Lina verschwand?

Sophie reibt sich die Schläfen. Bestimmt steht das irgendwo in den Protokollen, aber sie kann sich nicht daran erinnern. Vielleicht wissen ihre Kollegen etwas darüber.

Sie beschließt, ins Büro zu fahren. Mit ein wenig Glück ist der Rüde nicht da, dann kann sie sich mit Jasper und Svenja austauschen.

* * *

Auf dem Parkplatz hinter der Polizeistation stellt sie fest, dass Thomsens Landrover fehlt. Es wird sie also niemand in den nächsten Minuten anknurren oder sonst wie in Rage bringen. Erleichtert eilt sie die Treppe zum Großraum hoch und öffnet die Glastür.

Jasper ist nicht zu sehen, und auf Svenjas Besucherstuhl sitzt ein Geschöpf mit zwei verschiedenen Haarfarben. Weiß und Schwarz.

»Du gehst nicht an dein Handy«, sagt ihre Kollegin anstelle einer Begrüßung.

»Doch schon . . .« Sofort fummelt sie es aus ihrer Jackentasche. »Ah, es ist noch stumm geschaltet . . .«

Das zweifarbige Geschöpf dreht sich um und Sophie starrt plötzlich in vertraute tiefblaue Augen.

»Motte! Was machst du hier?«

»Hi, Tante Sophie. Ich dachte, ich komm mal vorbei . . .«

»Du kommst mal vorbei?«, fragt Sophie alarmiert.

»Weiß deine Mutter, dass du hier bist?«

Die Jugendliche knetet eine Weile ihre Finger.

»Nee«, sagt sie schließlich.

»Mann, Motte!«, flucht Sophie. »Das gibt mächtig Ärger, soviel ist klar.«

»Freut mich auch sehr, dich zu sehen«, gibt das Mädchen beleidigt zurück.

Man hört die Spülung rauschen und kurz darauf kommt Jasper aus der Toilette.

»Ah, Tante Sophie«, sagt er feixend.

Sophie verzieht bloß das Gesicht. Auch ihre Nichte sagt nichts mehr. Es scheint, als wäre sie in ein dumpfes Brüten verfallen.

Svenja steht auf und geht um ihren Schreibtisch

herum. Sie legt ihrer Kollegin freundschaftlich die Hand auf die Schulter.

»Hast du 'ne Minute?«

»Klar. Ich wollte mir ohnehin gerade 'nen Kaffee holen.«

Während Sophie sich eine Tasse einschenkt, schließt Svenja die Tür der Personalküche.

»Also, deine Nichte...«

»Sorry, wenn sie dich belästigt hat...«, entschuldigt sich Sophie sofort.

»Nein, das ist es nicht«, stellt Svenja klar. »Ich wollte dir sagen, dass sie mir leidtut. Sie sitzt jetzt schon 'ne Stunde bei mir auf dem Stuhl und ist widerborstig wie Sau. Aber wenn sie denkt, es merkt keiner, sieht sie sehr unglücklich aus.«

»Aha.« Sophie nippt an ihrem Kaffee. Mottes Auftauchen hat sie völlig aus der Balance gebracht. Was will sie bloß hier? Nun, was auch immer es ist, es wird in einem Familienkonflikt enden. Sie kann es förmlich riechen.

»Sie hatte deine Handynummer nicht«, sagt Svenja, aber ihr Blick vermittelt ganz deutlich die Frage, warum dem so ist.

»Mhm...«, macht Sophie nachdenklich. »Wir haben kaum Kontakt, eigentlich nie...«

»Ich denke, sie benötigt Hilfe«, meint Svenja.

»Ja, vermutlich«, seufzt Sophie und wechselt zu dem Thema, das sie eigentlich hergeführt hat. »Hat der Rüde mit sich reden lassen, was die Unterlagen betrifft? Mich würde interessieren, was Linas Mutter und deren Freund gemacht haben, als Lina verschwand.«

»Ja, er hat uns alle Boxen aus dem Archiv gebracht. Es sind viele Protokolle dabei, aber wir konnten sie noch nicht zur Gänze durchsehen.«

»Super, und wann wolltest du mir das sagen?«, unterbricht Sophie empört.

»Vor 'ner Stunde, als du nicht an dein Handy gegangen bist.«

»Oh....«

»Weißt du was«, schlägt Svenja vor, »fahr du doch mal mit deiner Motte nach Hause, und wir durchforsten hier weiter die Unterlagen. Ich rufe dich an, sobald wir mehr wissen.«

Sophie trinkt schlückchenweise ihren heißen Kaffee und denkt nach.

»Okay«, sagt sie schließlich.

25

»Du ahnst nicht, wer heute hier war!«, beschwert sich Greta Maas lautstark, als ihr Mann nach Hause kommt. Aus ihren Augen blitzt der blanke Hass.
»Sag bloß, sie haben *ihn* entlassen?«, fragt Tjaden, der sofort spürt, wie eine lange verdrängte Wut in ihm hochsteigt.
»Nee, das wär ja wohl das Allerletzte! Aber knapp dran. Seine Tochter!«
»Der hat 'ne Tochter?« Tjaden reibt sich die Stirn, aber die Erinnerung an eine Tochter will in seinem Kopf trotzdem nicht auftauchen. Er geht zum Kühlschrank und nimmt sich eine Dose Bier.
»Ja, da staunste, was? Ich hab auch geguckt, als ob mich ein Lkw überrollt hätte. Steht die einfach vor meiner Tür und will mit mir über *die Sache* reden!«
»Die Sache . . .«, wiederholt Tjaden grummelnd und leert die Dose in einem Zug.
»Und dann fängt sie auch noch mit Fenna an . . .«
»Was will sie von Fenna?« Nun spürt Tjaden, wie sich sein Magen in einen Vulkan verwandelt. Dort grummelt es nun beträchtlich. Gift und Galle könnte er spucken.

»Woher soll ich das wissen?«, zischt Greta. »Ich war eben beim Boden schrubben. Ich hätt ihr den Wischmopp über 'n Kopp ziehen sollen!«
»Hast du ihr Fennas Adresse gegeben?«
»Natürlich nicht. Ich hab ihr die Tür vor der Nase zugeschlagen.«
»Sie könnte sie trotzdem rausfinden«, ärgert sich Tjaden. »Zwanzig Jahre . . . und der Albtraum endet nie!«
Schnaubend vor Wut geht er zum Kühlschrank und nimmt eine weitere Dose Bier heraus. Nachdem er sie zur Hälfte geleert hat, zieht er sein Handy aus der Hosentasche.
»Wen rufst du an?«, will Greta wissen.
»Uwe. Er weiß, was zu tun ist.«

26

»Jetzt mal raus mit der Sprache«, verlangt Sophie, nachdem ihre Nichte neben ihr im Auto Platz genommen hat. »Warum bist du hier?«
»Darf ich nicht einfach so in der Adventszeit meine Tante besuchen?«, kommt es provokant zurück.
»Ohne, dass deine Mutter es weiß? Dir ist doch klar, dass ich sie anrufen muss.«
»Ach, ist das so?«
»Klar ist das so.« Sophie verdreht die Augen. »Du bist vierzehn, da kannst du nicht einfach . . .«
»Ich bin fünfzehn.«
»Okay, aber das ändert nichts daran, dass deine Eltern wissen müssen, wo du bist.«
»Dann sag es ihnen, aber halt mich da raus. Ich rede mit denen kein Wort mehr. So viel steht fest.«
Motte zieht nun ihre Beine an und rollt sich auf dem Beifahrersitz wie ein Igel ein. Ein Igel mit schwarz-weißen Stacheln, denkt Sophie.

* * *

Im Vorraum liegen Jungenstiefel wie hingewürfelt. Richtig, heute ist Mittwoch, fällt Sophie ein. Und wie jeden Mittwoch hat Taako Nils von der Kita abgeholt.
»Sophiiiiiieeee!«
Der kleine Blondschopf fliegt ihr in die Arme. Sie nimmt ihn hoch und küsst ihn liebevoll zur Begrüßung.
»Du hast 'nen Sohn?«
Motte reißt die Augen auf.
»Quasi.« Sophie lächelt. »Nils, das ist meine Nichte Mona Theresa.«
»Hey, du kannst Motte zu mir sagen. Macht meine Tante auch.« Sie strubbelt ihm durchs Haar.
»Das ist aber 'n cooler Name. Fast so cool wie deine Haare.«
Sophie muss lächeln, als sie seinen bewundernden Blick bemerkt, doch plötzlich stößt sie mit dem Fuß gegen ein weiteres Paar Schuhe – eines, das hier ganz und gar nicht sollte.
»Ist Oma auch hier?«
»Ja.« Nils nickt eifrig. »Sie backt Futjes mit mir.«
»Und dein Papa, wo ist der?«
»Der hat 'nen Feuer . . . not . . . wehr . . . fall.«
»Feuerwehrnotfall?«
»Ja.«
Auch das noch, denkt Sophie. Taako, dem sie so gerne ihr Herz ausgeschüttet hätte, ist nicht hier, dafür hat sich seine Mutter – schon wieder – in der Küche breitgemacht. Und, als ob das nicht bereits schlimm genug wäre, muss sie nun mit ihrer Schwester telefonieren.
»Der Teig ist voll lecker, den musst du probieren«, erklärt Nils und ergreift Mottes Hand.
Während das Mädchen ihm bereitwillig in die Küche

folgt, zieht Sophie miesepetrig ihr Handy aus der Handtasche. Es läutet gezählte elfmal, bis sich eine gestresste Frauenstimme meldet.

»Hallo Sophie, das ist jetzt ein ausgesprochen ungünstiger Zeitpunkt!«

»Hi Nora, ich wollte nur sagen . . .«

»Was auch immer, jetzt passt es leider gar nicht, ich habe gerade andere Sorgen . . .«

»Vermisst du deine Tochter?«

Augenblicklich ist es still am anderen Ende der Leitung. Aber nur einen Moment lang. Dann bricht die Hölle los.

»Woher weißt du das? Ist ihr etwas passiert? Oh mein Gott, ist sie jetzt einer von deinen schrecklichen Fällen? Verdammt noch mal, jetzt sag schon, was ist mir ihr?«

Sophie rollt mit den Augen, hält das Handy eine Armlänge vom Ohr weg und wartet geduldig, bis ihre Schwester Luft holt.

»Beruhige dich, sie ist hier.«

»Was heißt, sie ist hier?«

»Nun, hier. Bei mir zu Hause.«

»Du meinst an der Nordsee, in diesem Kaff . . .?«

»Husum, ja.«

»Das darf doch nicht wahr sein! Gib sie mir sofort an den Hörer!«

»Geht nicht . . .«

»Was soll das heißen? Ist sie verletzt? Oh mein Gott, ist sie tot?«

»Nein. Sie ist gesund und munter.«

»Dann gib sie mir ans Telefon.«

Sophie seufzt. »Sie will nicht.«

»Sie will nicht? Also, das ist doch die Höhe! Ihr Vater und ich, wir sterben hier vor Sorge um sie, und sie . . . sie . . . ich fasse es nicht. Du setzt dieses verdammte Gör in das nächste Polizeiauto und lässt sie zu uns zurückbringen. Sofort!«

»Nein.«

»Wie nein?« Die Stimme ihrer Schwester überschlägt sich nun vor Empörung.

»Einfach nein«, erklärt Sophie so ruhig wie möglich. »Das werde ich nicht tun. Du weißt jetzt, wo sie ist, und es steht dir oder deinem Mann jederzeit frei, sie hier abzuholen.«

»Du schickst sie nicht zurück?«

»Ganz sicher nicht.«

»Das ist wieder so typisch du. Einmal mehr beweist du, dass du kein Fünkchen Familiensinn besitzt! Da bittet man dich einmal in zehn Jahren um einen kleinen Gefallen, aber nein . . . es ist ja offenbar zu viel verlangt, wenn eine Mutter ihr Kind zurückhaben will. Du bist wirklich eine Enttäuschung! Denk daran, wenn du dich das nächste Mal wunderst, warum deine Beziehungen nicht funktionieren . . .«

Sophie holt tief Luft, um sich zu rechtfertigen – wie schon so viele Male zuvor in ihrem Leben. Doch ganz plötzlich überlegt sie es sich anders und drückt die Beenden-Taste. Sie schickt noch eine SMS mit der Adresse hinterher und blockiert anschließend die Nummer. Genug ist genug.

In der Küche erwartet sie ein seltsames Bild. Motte sitzt im Schneidersitz auf dem Boden und knuddelt Otello, der das sichtlich genießt. Ihre schwarz-weißen Haare fallen über sein schwarz-weißes Fell, und ihr Lachen füllt den Raum. Nils tanzt aufgeregt um die beiden herum, doch was sie wirklich berührt, ist der Ausdruck in den Augen von Taakos Mutter. Sie sieht so glücklich aus, während sie den beiden zusieht.

»Moin Gesa.«

»Moin Sophie. Ich wollte dir sagen, ich meine, es tut mir leid, wegen gestern ...«

»Schon okay.«

»Ich wollte heute gar nicht kommen, aber Taako hat angerufen, wegen Nils. Stell dir vor, ich durfte ihn das erste Mal aus der Kita abholen.«

»Das ist schön.« Sophie ringt sich ein Lächeln ab. »Du hast 'ne nette Nichte. Die Frisur ist 'ne Katastrophe, aber sie hat deine Augen. Bloß in Blau.«

»Ja?«, fragt Sophie überrascht. Das ist ihr bisher noch nie aufgefallen.

»Ja. Und nun mach's dir mal bequem, ich bring dir 'nen heißen Tee. Dann kannst du deinen schmerzenden Fuß hochlagern.«

»Meinst du?« Zögernd nimmt Sophie das Angebot an und lässt sich auf der Couch nieder.

»Klar doch. Ich hab auch ans Abendessen gedacht und 'n Braten in den Backofen geschoben.«

27

Sie muss eingeschlafen sein, denn ein plötzliches lautes Möwengekreisch schreckt sie hoch. Verwirrt sieht sie sich um. Im flackernden Licht des Fernsehers kann sie Taako und Motte erkennen, die einträchtig nebeneinander hocken und einen gruseligen Film gucken. Sie tastet nach ihrem Handy und hinkt auf den Gang hinaus. Das Display schreibt *Kommissar Jasper Hinrichs*.
»Ja?«, krächzt sie.
»Ist alles okay?«
»Klar, ich bin bloß eingenickt.«
»Das muss die Jahreszeit sein. Svenja auch.«
»Echt?«
»Ja.« Er kichert. »Über den Akten an ihrem Schreibtisch. Musste sie aufwecken, damit sie heimgeht.«
Sophie lehnt sich an die Wand und schmunzelt.
»Habt ihr etwas rausgefunden?«
»Ich bin nicht sicher . . . und Svenja auch nicht. Also, Linas Mutter und ihr Freund haben Alibis. Sie hat mit der Nachbarin einen über den Durst getrunken und ist dort eingepennt.«

»Ah«, erwidert Sophie. »Das erklärt, warum sie ihre Tochter erst am nächsten Tag vermisst meldete.«

»Ja. Und ihr Freund hatte Doppelschicht in dem Hotel, in dem er arbeitete. Weil ein Kollege sich krankmeldete, übernahm er zusätzlich zu seiner Frühschicht auch noch die Spätschicht. Er verließ das Hotel erst nach Mitternacht, er kann also beim besten Willen die kleine Lina nicht entführt haben. Aber etwas anderes ist uns aufgefallen«, berichtet Jasper weiter. »Unter den unzähligen Protokollen sind zwei, die, nun ja . . . also wir wissen nicht, was wir davon halten sollen.«

»Protokolle von wem?«

»Der Rüde und sein damaliger Kollege – ein gewisser Kommissar Rösch – hatten auch Kinder befragt, Klassenkameradinnen und Freundinnen der Mädchen. Fast alle sind unauffällig und nichtssagend. Bis auf zwei, über die wir gern mit dir reden möchten.«

»Klar, machen wir. Morgen früh«, setzt sie hinzu und gähnt.

»Okay, dann bis morgen.«

Sophie beendet das Gespräch und hinkt ins Wohnzimmer zurück. Dabei fällt ihr auf, dass ihre Zehe kaum noch schmerzt. Doch bevor sie die Couch erreicht, schellt ihr Handy von neuem los.

»Ja? . . . Ach, du bist's, Paul . . . Motte, dein Vater will mit dir sprechen.« Sie unternimmt einen Versuch, ihrer Nichte das Telefon zu reichen, doch jene springt von der Couch hoch und läuft aus dem Zimmer.

Sophie zieht eine Grimasse für Taako und lässt sich neben ihm auf die Couch fallen.

»Sie will nicht . . . nein, Paul, du hörst mir jetzt zu. Ihr habt die Adresse, alles andere ist nicht mein

Problem. Ich dreh mein Handy jetzt ab.«
»Ein Glas Rotwein?«, fragt Taako, nachdem sie das Gerät ausgeschaltet hat.
Sie lächelt dankbar. »Du kennst meine sehnlichsten Wünsche.«
»Das ist mein Job. Übrigens, es tut mir leid, dass meine Mutter heute schon wieder hier war. Diesmal hab ich sie angerufen. Ich wollte nicht, dass du mit deiner verletzten Zehe...«
»Schon gut, du musst dich nicht entschuldigen. Sie war uns allen eine große Hilfe.«
»Wirklich?«
»Ja.« Sophie schmunzelt und nippt von ihrem Wein. »Gestern noch hätte ich ausgeschlossen, dass mir diese Worte je über die Lippen kommen.«

Taako schenkt sich selbst auch ein Glas ein.

»Und jetzt erzähl mir mal in aller Ruhe, wer dieses schwarz-weiße Mädchen mit den hübschen blauen Augen ist.«

Einen Fehler durch eine Lüge zu verdecken heißt, einen Flecken durch ein Loch zu ersetzen

Aristoteles

DONNERSTAG

28

Er hört die Schreie der Frau, die das laute Knistern der Flammen übertönen. Die Geräusche des Feuers sind mächtig, bedrohlich, aber die Schreie, die gehen ihm unter die Haut. Ein brennender Balken kracht neben ihm zu Boden und er weiß, er muss raus aus diesem Haus. Jetzt sofort, wenn er überleben will... doch die Schreie der Frau fesseln ihn, halten ihn fest, mit einem unsichtbaren Band. Seine Beine, die längst laufen sollten, gehorchen ihm nicht, die Luft, die er atmet, verbrennt ihm die Lunge, und diese Frau schreit immer noch. Jemand rüttelt ihn an der Schulter, ruft seinen Namen...
»Rüde!«
Er sieht sich verwirrt um. Alles ist dunkel, nirgendwo ein Feuerschein.
»Ist alles in Ordnung?«
Er kann Maikes besorgte Stimme nun deutlich erkennen.
»Ja... jaja... alles gut. Ich hab bloß schlecht geträumt.«
»Du bist klatschnass. Hast du Fieber?« Sie legt ihre Hand auf seine Stirn.

»Quatsch. Es ist bloß heiß hier drin.« Er hievt sich aus dem Bett und reißt das Fenster auf. »Ich geh 'nen Schluck Wasser trinken.«

Im Badezimmer muss er sich eingestehen, dass er tatsächlich völlig verschwitzt ist, also duscht er und rubbelt sich trocken. Mit frischen Boxershorts kehrt er ins Bett zurück.

Gott sei Dank schläft Maike bereits wieder. Denn das Letzte, was er jetzt will, ist, über diesen Traum zu reden. Er weiß genau, was sein Unterbewusstsein ihm sagen will, aber er weiß auch, dass er es nicht hören mag. Schlafende Hunde weckt man nicht, das weiß jedes Kind. Was hat die verdammte Meerkatz sich dabei bloß gedacht!

29

Svenja reicht Sophie eine Tasse Kaffee.
»Was macht deine Zehe?«
»Wird wieder. In meinen alten ausgelatschten Tretern kann ich schon wieder gehen, ohne zu humpeln.«
»Und die Motte?«, gluckst Jasper. »Hast du sie schon erschlagen?«
»Noch nicht.« Sophie grinst.
»Wie kommen Eltern bloß auf die Idee, ihre Tochter so zu nennen?«, wundert sich Svenja. »Das wollte ich dich gestern schon fragen.«
»Sie heißt Mona Theresa«, erklärt Sophie. »Und ihr Bruder Florian Heinrich. Ich hab das vor Jahren in einer Weinlaune mal auf Motte und Floh verkürzt, was meine Schwester beinahe Amok laufen ließ.«
»Aber deiner Nichte scheint's zu gefallen«, amüsiert sich Svenja.
»Der gefällt alles, was ihre Mutter auf die Palme bringt.«
»Dann habt ihr offenbar etwas gemeinsam«, stellt Jasper fest.
Sophie, die gerade ihren Kaffee schlürft, verschluckt

sich vor Lachen. »Stimmt . . . das ist mir bisher nie aufgefallen, aber jetzt, wo du es sagst . . .«
»Wo ist sie denn jetzt?«, will Svenja wissen.
»Bei Taako. Der hatte gestern noch einen dringenden Einsatz und deshalb heute frei. Die beiden verstehen sich überraschend gut.«
»Du hättest dir auch freinehmen können«, merkt Jasper an.
»Ich weiß«, gibt Sophie zu. »Aber ich bin einfach zu neugierig. Mich lässt dieser Fall nicht los. Ihr habt gesagt, zwei der Aussagen waren merkwürdig?«
»Nicht gerade merkwürdig«, präzisiert Svenja. »Aber doch irgendwie seltsam. Also wir haben dutzende Protokolle gelesen über die Befragungen der Lehrer und Schüler . . .«
». . . und der Lehrerinnen und Schülerinnen«, ergänzt Jasper.
»Also beim Gendern bist du Weltklasse«, spöttelt Svenja.
»So hat mich meine Mutti nun mal erzogen, und die Billi legt da auch viel Wert drauf . . .«
»Kommt auf den Punkt, Leute«, stöhnt Sophie.
»Okay, okay«, übernimmt Svenja wieder. »Jedenfalls sagen sie alle dasselbe, nichts gehört, nichts gesehen, keine Ahnung – bis auf Fenna Maas, Jondras jüngere Schwester, und Rita Hansen, die mit Jondra in dieselbe Klasse ging. Die zehnjährige Fenna weinte bloß im Beisein ihrer Eltern . . .«
»Stimmt, das ist mir gleich zu Beginn aufgefallen. Sie hat überhaupt nichts erzählt«, unterbricht Sophie.
»Richtig, sie weinte so lange, bis ihre Eltern einen Abbruch der Vernehmung erwirkten. Aber als Kommissar Rösch sich verabschiedete und ging, lief

ihm die Kleine hinterher und fragte, ob Tote verzeihen können. Er wollte wissen, was sie damit meinte, aber die Mutter holte das Mädchen rasch zurück und so bekam er keine Antwort. Aber auf dem Protokoll, das in der Archivbox lag, hat er es handschriftlich angemerkt.«

»Mhm...«, macht Sophie unschlüssig.

»Also auf mich wirkt das, als ob sie etwas getan hat, wofür sie ihre Schwester um Verzeihung bitten wollte«, schlussfolgert Jasper.

»Mhm«, macht Sophie neuerlich.

»Du bist nicht sehr inspirierend heute«, ärgert sich Svenja.

»Tja, und was sagte die kleine Rita?«

»Rita Hansen ist die Tochter der Gastwirtin von Arlewatt. Sie und ihre Freundinnen hielten sich dort gerne auf. Dort gab's leckere Limonaden und Eis am Stiel. Weil Rita und Jondra beste Freundinnen waren, sollte Rita ausführlich einvernommen werden. Aber ihre Mutter ließ das nicht zu. Sie behauptete, ihre Tochter wüsste von nichts und wäre wegen des Todes ihrer Freundin schon verstört genug. Sie schaltete sogar einen Anwalt ein.«

»Einen Anwalt?«, wundert sich Sophie. »Das ist aber ungewöhnlich. Bloß um eine Einvernahme zu verhindern?«

»Ja, so ist es hier notiert«, berichtet Jasper sachlich. »Ritas Mutter, Birte Hansen, selbst sagte sehr wohl aus. Nämlich, dass Jondra ab und an in der Gaststätte gewesen wäre, um mit Rita zu spielen. Aber nicht an jenem Tag, an dem sie verschwand.«

»Und Ritas Vater? Ich meine, gibt es auch einen Gastwirt?«

»Ja und nein. Es gab einen, aber die Eheleute trennten sich. Frau Hansen sagte, er hätte sie für 'ne Jüngere verlassen.«
»Und wann war das?«, hakt Sophie nach.
»Keine Ahnung.« Jasper wedelt mit dem Papier. »Das steht hier nicht.«
»Mhm«, macht Sophie.
»Fang nicht wieder damit an«, stöhnt Svenja. »Gut, ich meine bloß, so auffällig sind die beiden Protokolle nun auch wieder nicht. Die jüngere Schwester von Jondra hatte möglicherweise ein schlechtes Gewissen, vielleicht wegen eines dummen Streits. Und die Mutter der Freundin ist überbesorgt und will ihre Tochter vor der Polizei schützen. Ganz ehrlich, wenn das alles ist, dann ist wohl nichts dran an Marens Vermutungen.«
»Waren wohl eher Hoffnungen«, meint auch Jasper.
»Also hören wir auf?« Svenja sieht ein wenig enttäuscht zwischen ihren Kollegen hin und her.
»Wir können Fenna und Rita noch befragen«, meint Sophie. »Die beiden sind mittlerweile auch über dreißig. Aber wenn das nichts bringt, dann . . .«
»Schon klar. Ich klemm mich gleich an den Computer, um die aktuellen Adressen rauszufinden.«
»Von wem?«
Thomsen platzt plötzlich herein und Svenjas Wangen färben sich auf der Stelle rot. Wie ertappt, beißt sie sich auf die Lippen. Die Kontaktaufnahme mit einem Familienmitglied hatte der Chef ausdrücklich verboten.
»Von Rita Hansen«, sagt Sophie ruhig. »Sie wurde damals nicht einvernommen . . .«
»Hansen, Hansen . . .«, murmelt Thomsen, »der

Name kommt mir bekannt vor. Betreibt die nicht das Nordhuus – die Gaststätte in Arlewatt?«

»Genau.«

»Die kenn ich. Die Birte führt den Laden immer noch, die haben gutes Bier dort. Ich erinnere mich, sie wollte damals nicht aussagen . . .«

»Doch, Chef«, korrigiert Jasper. »Sie selbst sagte schon aus, bloß die Tochter, also die Rita, durfte nicht einvernommen werden.«

»Richtig, jetzt weiß ich es wieder. Sie hatte extra 'nen Anwalt dafür engagiert. Das ist uns vorher noch nie passiert. Der trumpfte mächtig auf, von wegen Kinderschutz und so, dass der Broders daraufhin freiwillig auf die Vernehmung der Kleinen verzichtete. Aber hatte die nicht zwei Töchter?«

»Ja, richtig«, antwortet Jasper. »Aber die zweite – Lara Hansen – war noch sehr klein, ich denke sechs oder sieben.«

»Die wollte offenbar auch niemand befragen«, ergänzt Svenja und setzt sich an ihren Computer.

»Lara Hansen, richtig. So 'ne hübsche Blonde«, brummt Thomsen. »Die arbeitet jetzt im Nordhuus als Kellnerin.«

»Rita Hansen wohnt jetzt in Hamburg«, ruft Svenja, nachdem der Computer ihr den gesuchten Aufenthaltsort verraten hat. »Was für ein Zufall – dort würde ich nur zu gern hinfahren.«

»Immer noch Ralf?«, fragt Jasper.

»Für immer Ralf«, betont Svenja und ihre Augen haben nun einen ganz besonderen Glanz. Sie wendet sich mit einem treuherzigen Augenaufschlag an ihren Vorgesetzten. »Wenn du nichts dagegen hast, nehme ich mir den Rest des Tages frei.«

»Mach nur«, brummt Thomsen. »Aber denk dran, die Familien der Opfer sind tabu.«
»Versprochen, Chef«, zwitschert Svenja, schnappt sich ihre Tasche und winkt zum Abschied.
»Dann geh ich heute mal auswärts Mittagessen«, meint Sophie ein wenig vage.
»Klasse Idee, bin dabei«, freut sich Jasper.
»Ich meinte eigentlich mit Motte.«
»Oh...«
Ihr Kollege sieht nun so enttäuscht drein, dass Sophie laut herauslachen muss. »Ach egal, komm doch einfach mit.«

30

Nachdem er nun allein in den Räumlichkeiten der Kripo ist, gönnt sich Thomsen noch eine Tasse Kaffee und packt die Tüte aus, die Maike ihm mitgegeben hat. Zwei große Stücke Käsekuchen. Ein Lächeln breitet sich ganz von selbst auf seinem Gesicht aus. Seine Frau weiß eben genau, was er mag.

Nach dem ersten Bissen läutet das Telefon auf seinem Schreibtisch.

»Hmsn... mment... Thomsen, wer soll denn sonst hier abheben?«, flucht er ins Telefon, nachdem er hinuntergeschluckt hat.

»Ja, ähem, Entschuldigung, Herr Hauptkommissar. Marta hier, von der Zentrale, ich habe hier eine junge Frau, die Anzeige erstatten möchte...«

»Soll hochkommen.«

»Nee, nicht hier, ich meinte in der Leitung. Sie fragt, ob Oberkommissarin Meerkatz zu ihr kommen könnte?«

»Echt jetzt? Sie wünscht einen Hausbesuch?« Nicht mal mein Hausarzt macht den noch, denkt er für sich.

»Das sagte sie. Sie meinte, sie wurde übel verprügelt und traut sich nicht mehr aus dem Haus.«

»Wehe, wenn das nicht stimmt«, knurrt er in den Hörer. »Haben Sie den Namen und die Adresse?«
»Ja. Maren Jakobsen, in der Pension Rosendahl, Wilhelmstraße …«
»Maren Jakobsen?«
»Ja, das sagte sie.«
»Ach du Scheiße. Ich habs doch gewusst. Schlafende Hunde weckt man nicht!«, flucht Thomsen.
»Merk ich mir, erklärt Marta irritiert. »Was soll ich denn der Dame sagen?«
»Ist sie noch in der Leitung?«
»Ja.«
»Sagen Sie ihr, ich bin schon unterwegs.«

* * *

»Ach du meine Güte«, entfährt es Thomsen, als Maren ihm die Tür öffnet. Beide Augen sind böse geschwollen, das linke noch dazu blutunterlaufen und die Unterlippe aufgeplatzt. Dazu Abschürfungen und Schwellungen auf den Wangen. »Waren Sie schon beim Arzt?«
»Ja. Es war einer hier.« Die junge Frau stakst vorsichtig zum Bett hinüber. Man merkt ihr an, dass jede Bewegung schmerzt. »Er hat mich gezwungen, bei der Polizei anzurufen. Er sagte, wenn ich es nicht mache, macht er es.«
Thomsen sieht sich in dem kleinen, einfach gehaltenen Zimmer um und entdeckt einen Stuhl, auf

den er sich setzen kann.
»Wann ist das passiert?«
»Gestern Abend. Wahrscheinlich bin ich selbst schuld«, meint sie zerknirscht. »Ich hätte die Mutter des toten Mädchens nicht aufsuchen sollen. Sie wollte ohnehin nicht mit mir sprechen.«
»Sie meinen Greta Maas, Jondras Mutter?«
»Ja.« Maren nickt und verzieht vor Schmerz das Gesicht. »Ich war deswegen in St. Peter-Ording, und auf dem Rückweg vom Bahnhof hierher haben mich plötzlich zwei Männer überfallen. Da war 'ne einzige dunkle Stelle, ein Hauseingang, wo die Beleuchtung defekt war, da haben sie mir aufgelauert.«
»Konnten Sie die beiden erkennen? Oder zumindest einen von ihnen?«
»Nee, dafür wars viel zu dunkel. Aber sie waren von hier, aus der Gegend, meine ich. Das konnte ich deutlich hören.«
»Sie haben gesprochen?«
»Nun, nicht gerade gesprochen . . . sie haben mich beschimpft.« Verlegen streicht sie sich durch ihr langes, dunkles Haar und sieht beschämt zu Boden. »Sie haben mich *Mörderhure* genannt.«
»Mörderhure?«, wiederholt er ungläubig. Gleichzeitig sieht er das Feuer. Alles steht in Flammen, und die Schreie gehen ihm unter die Haut.

Er springt hoch, macht einen schnellen Schritt zum Fenster und reißt es auf. Doch nichts auf der Straße vor dem Haus wirkt irgendwie ungewöhnlich. Zwei Kinder in warmen Wollmützen laufen um die Wette, und ein alter Mann schiebt eine noch ältere Frau im Rollstuhl über die Straße. Nichts, was auch nur im Entferntesten nach Gefahr aussehen würde.

Doch in seinem Kopf ist die Hölle losgebrochen.
»Packen Sie Ihre Sachen. Sie müssen hier weg.«
»Aber warum?« Maren sieht ihn aus ihren geschwollenen Augen verunsichert an.
»Sie sind hier nicht sicher.«

31

Sophie, die ihre Nichte auf ein Mittagessen einladen wollte, wird am Telefon mit einem glatten *Nein* konfrontiert. Motte hat sich in Taakos großer Badewanne ein Schaumbad eingelassen und ist für nichts und niemanden bereit, selbiges in den nächsten Stunden wieder zu verlassen.

»Tja«, meint Jasper und wirft Sophie einen aufmunternden Blick zu. »Dann eben bloß wir beide.«

Im Nordhuus, der kleinen Gaststätte in Arlewatt, scheint es, als ob die Zeit stehen geblieben wäre. Die Tische sind aus dickem, altem Holz und die Stühle bereits wurmstichig. Jasper beäugt seinen kritisch, bevor er sich darauf niederlässt. Aus den kleinen Fenstern dringt kaum Licht, aber die vielen elektrischen Kerzen, die liebevoll angebracht wurden, erzeugen eine sehr idyllische, vorweihnachtliche Stimmung. Die alten Fischernetze an den Wänden sehen aus, als wären sie tatsächlich früher benutzt worden, und etliche gerahmte Schwarz-Weiß-Fotos aus früheren Jahrzehnten bezeugen das auch.

Sophie betrachtet sie so interessiert, dass die junge Servierkraft mit dem blonden Pferdeschwanz neben ihr stehen bleibt.
»Meine Familie war immer schon mit dem Meer verbunden. Der Stammbaum meiner Mutter enthält Generationen von Fischern«, erzählt sie stolz.
»Und doch arbeiten Sie in einer Gaststätte«, erwidert Sophie freundlich.
»Ja, aber es ist unsere Gaststätte. Das Erbe meines Vaters. Und der hatte es von seinem Vater geerbt. Mein Großvater väterlicherseits war ein begnadeter Koch.«
»Das ist wirklich ein schönes Erbe«, stimmt Sophie zu.
»Ja. Meine Mutter und ich, wir lieben das Nordhuus. Seit meine Schwester Rita nach Hamburg gezogen ist, führen wir den Betrieb ganz allein. Sie kocht und ich serviere.«
Jasper schnuppert demonstrativ.
»Rieche ich hier Labskaus?«
»Ja, Sie haben eine gute Nase. Das ist unser heutiges Mittagsmenü.«
»Wunderbar.« Er reibt sich die Hände und steuert einen der freien Tische an.
»Zwei Mal?«
»Nee«, meint Sophie, die dem Nationalgericht des Nordens heute nichts abgewinnen kann. »Ich nehm einfach bloß ein Schnüüs.«
»Alles klar. Und für den Durst?«
»Zweimal Wasser«, sagt Sophie und Jasper, der wohl auf ein Pils gehofft hatte, sieht ein wenig enttäuscht drein.
»Könnten Sie sich einen Moment zu uns setzen?«, fragt er die junge Frau, als sie die Getränke bringt. »Wir

sind von der Husumer Kripo und würden uns gerne mit Ihnen unterhalten.«
»Oh . . . natürlich.« Sie zieht sich einen Stuhl heran und blickt erst ihn und dann Sophie neugierig an. »Was ist denn passiert?«
»Aktuell gar nichts, es geht um etwas, das vor langer Zeit geschah. Sie sind doch Lara Hansen, nicht wahr?«
»Ja, woher wissen Sie das?«
»Das nennt man Ermittlungen«, erklärt Jasper mit einem Lächeln.
»Natürlich.« Sie schlägt sich auf die Stirn. »Aber was habe ich damit zu tun?«
»Vielleicht gar nichts«, erklärt Sophie rasch. »Sie waren damals noch recht jung, ungefähr sechs oder sieben Jahre alt.«
»Das ist wirklich lange her.« Die junge Frau streicht sich eine lange blonde Strähne aus dem Gesicht.
»Stimmt, aber vielleicht können Sie sich trotzdem noch an Lina Wessel oder Jondra Maas erinnern?«
»Oh mein Gott, die beiden Mädchen, die ermordet wurden?« Laras hellblaue Augen weiten sich nun vor Entsetzen.
»Ja. Kannten Sie die beiden oder eine davon?«
»Nein, nicht wirklich. An Lina erinnere ich mich überhaupt nicht, an Jondra schon. Sie hing oft hier rum, kaufte Süßes oder spielte mit meiner Schwester in der Scheune. Mich ließen sie aber nie mitspielen.«
»Waren andere Kinder auch noch da?«
»Klar. Hier waren immer viele Kinder, nicht nur Ritas Freundinnen, auch meine.«
»Mit Ihrer Schwester haben Sie nie gespielt?«, hakt Jasper nach.
Lara lacht. »Doch klar, wenn sonst niemand hier

war. Da war ich gut genug, um ihr die Zeit zu vertreiben, aber wenn ihre Freundinnen auftauchten, ließen sie mich außen vor.«

»Können Sie uns etwas über Jondra Maas erzählen?«, bitte Sophie nun freundlich. »Wie war sie so?«

»Mhm . . . das liegt schon so lange zurück. Aber ich denke, Jondra war ganz okay, nicht besonders nett, aber auch nicht so biestig wie Rita. Am liebsten mochte ich Fenna, Jondras Schwester, sie war die netteste von allen. Da kann ich mich tatsächlich noch an eine Situation erinnern. Ich heulte mal wieder, weil meine Schwester neue Klamotten bekam und ich bloß ihre alten auftragen musste. Fenna hat den Arm um mich gelegt und gesagt, du musst es machen wie ich: Wachs ihr über den Kopf! Ich weiß noch, dass ich schrecklich lachen musste damals, bei der Vorstellung, über Ritas Kopf hinauszuwachsen.«

»Fenna, also die jüngere, war größer als ihre Schwester?«

»Nun, das behauptete sie zumindest. Für mich sahen die beiden gleich groß aus. Überhaupt sahen sie sich total ähnlich, meine Mutter zum Beispiel konnte sie nie auseinanderhalten, wenn sie nicht genau nebeneinander standen. Sie sagte immer, zwei von derselben Sorte, sowas würde ihr gerade noch fehlen, da würde sie sicher der Falschen die Backpfeifen geben.«

»Sie sind mit Backpfeifen aufgewachsen?«, fragt Sophie nach.

Lara lacht nun schallend.

»Nein, niemals. Meine Mutter hat das bloß immer zum Spaß gesagt. Sie hat uns mit sehr viel Liebe großgezogen.«

»Alles klar, würden Sie so nett sein, Ihrer Mutter zu

sagen, dass wir auch mit ihr gerne sprechen . . .«

Ein hässliches Zischen fährt durch den Raum und in der Sekunde ist alles finster. Nur sehr wenig und diffuses Licht dringt durch die alten, kleinen Fenster.
»Hoppla«, sagt Lara überrascht. »Keine Panik, das waren wohl die Sicherungen. Ich gehe nachgucken und bin gleich wieder zurück!«

»Und der Strom hoffentlich auch«, ruft einer der Gäste vom Nebentisch und lacht lauthals über seinen eigenen Scherz.

Jasper zieht sein Handy aus der Tasche und schaltet die Taschenlampenfunktion ein.

»Ich helfe Ihnen«, sagt er und folgt ihr bereitwillig.

Vor dem Sicherungskasten bleibt Lara ratlos stehen. Sie klickt ein paar mal herum, doch nichts passiert.

»Darf ich mal?«, fragt Jasper und schaltet den FI-Schalter ein weiteres Mal aus und wieder ein. »Nun, an den Sicherungen liegt's nicht.«

»Was ist hier los?« Eine rundliche, beherzte Frau in einer fleckigen Kochschürze steht plötzlich vor ihm.

»Wer sind Sie und was haben Sie getan? In meiner Küche ist der ganze Strom weg!«

»Ja, Mama, hier im Gastraum auch«, beeilt sich Lara mit einer Erklärung. »Aber der Herr Kommissar kann nichts dafür. Er wollte mir bloß helfen . . .«

»Kommissar?«

»Ja, ich bin Kommissar Hinrichs von der Kripo Husum . . .«

»Wat is nu mit dem Strom?«, brüllt ein anderer Gast dazwischen.

»Der ist weg! Wir haben einen Stromausfall«, ruft Lara zurück. »Kein Grund zur Sorge, der kommt bestimmt gleich wieder.«

»Bloß mit dem Essen wirds nichts«, setzt Birte Hansen hinzu. »Diejenigen, die Hunger haben, müssen woanders hingehen. Die, die bloß Durst haben, können gerne im Dunklen weitertrinken.«

»Mist«, flucht Jasper, und hält sich den knurrenden Bauch. »Wo ich mich schon so auf das Labskaus gefreut hatte.«

32

Nach einer halben Stunde ist klar, dass der Strom so schnell nicht wieder kommt. Die Mehrzahl der Gäste hat die Gaststätte bereits verlassen.
»Nun, wenigstens werden wir nicht frieren«, verspricht Lara, während sie den Kachelofen anheizt.
»Ja, aber die Küche ist 'ne Katastrophe – all die Töpfe und Pfannen mit dem halb fertigen Essen.« Birte Hansen reibt sich verzweifelt die Schläfen. »Und ohne die Geschirrspülmaschine kann ich mich erschießen.«
»Zugegebenermaßen ist das alles sehr schlimm, aber wir möchten Ihnen trotzdem gerne noch ein paar Fragen stellen«, wagt Sophie einen Vorstoß.
»Wenns denn sein muss. Worüber denn?« Frau Hansen setzt sich zu den Ermittlern an den Tisch, auf dem drei Kerzen für eine schummrige Beleuchtung sorgen.
»Über Lina Wessel und Jondra Maas.«
»Nee, oder? Das ist doch schon 'ne Ewigkeit her.«
»Zwanzig Jahre.«
»Eben. Und längst geklärt.« Birte Hansens Blick verfinstert sich. »Hat die Polizei keine anderen Sorgen?«
»Wir wollen bloß wissen, ob Sie sich an die Mädchen

erinnern können?«
»Nee, kann ich nicht. Wir sind ein Gasthof. Seit dreiunddreißig Jahren bin ich hier im Nordhuus. Und genauso lang laufen hier Kinder rum. Für mich sehen die alle gleich aus – bis auf meine eigenen, natürlich.«
»Mhm, und wie ist das mit Milo Asani? Können Sie sich an den erinnern?«, tastet Sophie sich weiter vor.
»Klar, der lieferte uns das Fleisch. Zweimal die Woche.«
»Und wie war er?«
»Keine Ahnung, er war ein Mann, der Fleisch lieferte. Nicht mehr und nicht weniger. Ich kann nichts über ihn sagen.«
»Milo . . .«, flüstert Lara plötzlich und streicht sich über die Gänsehaut auf ihren Unterarmen. »Den Namen habe ich lang nicht mehr gehört. Jahrelang haben wir Kinder uns gegenseitig damit gegruselt.« Sie hält eine Kerze neben ihr Gesicht und verdreht die Augen, bis man fast nur noch das Weiße sieht.
»Hier kommt Milo . . .«, krächzt sie mit schauriger Stimme.
Ihre Mutter verpasst ihr einen Schubs.
»Lass die Dummheiten, Lara.«
»Dann hatten Sie also Angst vor ihm, als Kind?«, will Sophie wissen.
Doch Lara schüttelt den Kopf.
»Nee, das ist ja eben das Seltsame. Ich mochte ihn total gern, er war immer lustig und hat mit uns Kindern rumgeblödelt. Da hab ich dann draus gelernt, dass man nie auf freundliches Verhalten hereinfallen darf.«
»Ja, das ist wichtig«, bekräftigt ihre Mutter und wendet sich wieder den Ermittlern zu. »Es ist nicht immer leicht, seine Kinder zu beschützen.«

»Stimmt, Sie waren allein«, sagt nun Jasper. »In den Akten steht, dass Ihr Mann Sie erst kurz zuvor verlassen hatte.«

»Das ist wahr«, erwidert Birte Hansen kurz angebunden. »Und es besteht kein Grund, dieses Thema wieder aufzuwärmen.«

»Ist er denn nie mehr zurückgekehrt?«, hakt Sophie dennoch nach.

»Nein. Der Mistkerl hat sich 'ne Jüngere gefunden, und weg war er.«

»Und er hat sich auch bei seinen Kindern nie wieder gemeldet?«

»Also bei mir nicht«, sagt Lara offenherzig. »Und bei Rita auch nicht. Das wüsste ich, denn seit meine Schwester in Hamburg lebt, verstehen wir uns ausgezeichnet.«

»Alles klar, dann danke für die Auskunft.« Sophie reicht der jungen Frau eine ihrer Visitenkarten. »Sollte Ihnen noch etwas einfallen, rufen Sie mich bitte an.«

»Tja, da muss mir aber bald was einfallen, denn lange wird mein Handyakku nicht mehr funktionieren«, scherzt Lara. »Es sei denn, der Strom kommt wieder zurück.«

33

Aus dem Autoradio tönen ohne Pause weihnachtliche Klänge und so ist es kein Wunder, dass Svenja in einer besonders romantischen Stimmung ist, als sie durch den Elbtunnel fährt.

Doch bevor sie ihren Schatz überraschen darf, muss sie noch die Befragung durchführen, deretwegen sie eigentlich hergekommen ist.

Rita Hansen hat bereits telefonisch eingewilligt, sich mit ihr in einem Café unweit ihrer Arbeitsstätte zu treffen, und Svenja muss nicht lange warten, bis sie tatsächlich auftaucht

Den Hals und das halbe Gesicht hat sie in einen warmen Wollschal gewickelt, um den Svenja sie sofort beneidet, denn auch in Hamburg pfeift ein eiskalter Wind. Ihr kurzes braunes Haar ist statisch aufgeladen und steht in alle Richtungen vom Kopf ab, als sie sich zu Svenja an den Tisch setzt und ihr die Hand reicht.

»Ihr Anruf hat mich total überrascht«, sagt sie gleich zur Begrüßung. »Diese Morde sind schließlich eine Ewigkeit her. Ich war damals gerade mal elf.«

»Ja, ich weiß«, erwidert Svenja, »genauso alt wie die Opfer.«

Die Bedienung unterbricht ihre Unterhaltung und aufgrund des winterlichen Wetters bestellen sie beide Tee. Rita macht ein nachdenkliches Gesicht.

»Seit Ihrem Anruf geht mir die Sache nicht mehr aus dem Kopf. Unfassbar, was die beiden verloren haben, soviel Lebensjahre . . . ich hab tatsächlich wieder geweint, als ich daran denken musste.«

»Das versteh ich gut«, sagt Svenja einfühlsam. »Sie waren schließlich mit den beiden befreundet.«

»Nun, eigentlich nur mit Jondra. Lina hing bloß ab und an bei uns rum, weil meine Eltern einen Gasthof hatten. Aber natürlich tut es mir auch für sie leid . . . doch warum wärmen Sie das alles nach so langer Zeit wieder auf?«

»Die Tochter jenes Mannes, der verurteilt worden ist, kam zu uns und . . .«

»Milo hat eine Tochter? Das wusste ich gar nicht«, unterbricht Rita überrascht.

»Ja. Sie wurde erst nach seiner Verhaftung geboren.«

»Oh . . . nun ja, das ist . . . ich weiß gar nicht, was ich sagen soll.«

»Sie ist von seiner Unschuld überzeugt«, sagt Svenja.

»Das glaub ich sofort. Wenn man ihn kennt, traut man ihm das nicht zu. Milo war immer nett zu uns Kindern. Wenn wir den Bus nach Arlewatt verpassten und er uns diese ewig lange Straße entlanglaufen sah, nahm er uns immer mit, in seinem Lieferwagen.«

»Und Sie hatten nie das Gefühl, dass er . . .« Svenja sucht nach den richtigen Worten.

»Dass er uns begrapschen wollte?«, fragt Rita ganz geradeheraus.

»Ja, das meinte ich. Oder seltsame Blicke . . .«

»Nein, nie. Ich weiß genau, was Sie meinen, man

spürt das sofort, auch schon als Kind, wenn da eine sexuelle Begierde lauert, aber bei ihm nicht. Wenn er mich berührt hat, war das völlig normal.«

»Er hat Sie berührt?«

»Ja, er hatte diese südländische Art, sehr körperlich mit Kindern umzugehen. Er hob uns in sein Auto und wieder heraus, schnappte nach unseren Nasen oder kitzelte uns am Nacken, solche Dinge eben. Er alberte gern mit uns herum und wir lachten über die Art, wie er sprach. Wir kannten sonst niemanden mit so einem Akzent.«

»Sie mochten ihn?«, fragt Svenja überrascht.

»Ja, ich denke schon. Deshalb war es umso gruseliger, als wir die Wahrheit erfuhren. Ich hatte mich bei ihm sicher gefühlt, und dann das . . . es tat weh, herauszufinden, dass er es bloß darauf angelegt hatte, dass wir uns sicher fühlen, um . . . na ja, es war damals sehr verstörend und ist es immer noch.«

»Haben Sie als Kind mitbekommen, dass Ihre Mutter durchgesetzt hat, dass Sie nicht aussagen mussten?«

»War das so?«

»Ja. Sie hatte sogar einen Anwalt engagiert, damit die Polizei Sie nicht vernehmen konnte.«

»Wirklich? Daran kann ich mich nicht erinnern. Aber wie gesagt, wir hatten 'ne Gaststätte, da waren ständig Leute, und nach dieser Sache durfte ich ohnehin mit niemandem mehr reden und mit niemandem mitgehen. Meine Mutter war unglaublich ängstlich, was uns Mädchen betraf. Vielleicht auch, weil mein Vater uns plötzlich verlassen hatte. Beim Frühstück war er noch da, und als ich von der Schule heimkam, saß meine Mutter in der Küche und weinte.

Aber das tut ja jetzt nichts zur Sache, Sie sind ja wegen Jondra hier...«
»Und Lina. Frau Hansen, was hätten Sie ausgesagt, wenn Ihre Mutter die Befragung nicht verhindert hätte?«
»Keine Ahnung, was hätten Sie mich denn gefragt?«
»Nun, zum Beispiel, ob Sie Jondra am Tag ihres Verschwindens gesehen haben?«, wird Svenja nun konkreter.
»Klar hab ich, es war ein Montag, das weiß ich noch genau, weil es der Tag nach ihrer Geburtstagsparty war, die am Sonntag bei ihr Zuhause stattgefunden hatte. Als ihre beste Freundin war ich natürlich eingeladen.«
»Und gab es etwas, das Ihnen aufgefallen ist?«
»Nee, nichts Besonderes... nun, vielleicht doch. Sie verpasste den Bus nach Arlewatt, weil sie ihre Flasche suchte.«
»Welche Flasche?«
»Sie hatte so 'ne tolle Metallflasche geschenkt bekommen, und nach dem Sportunterricht fand sie die nicht mehr. Sie wollte, dass ich ihr beim Suchen half, aber ich hatte Hunger und wollte heim. Im Nachhinein hab ich mir oft vorgeworfen, dass ich nicht bei ihr geblieben bin...«
»Sie dürfen sich an dem, was geschehen ist, keine Schuld geben.«
»Trotzdem, als ich dann später hörte, dass man die Flasche in Milos Lieferwagen gefunden hatte, war ich richtig geschockt. Sie hatte ihre Flasche gefunden, aber den Bus verpasst... unglaublich, dass sie dafür mit ihrem Leben bezahlen musste.« Rita wischt sich nun mit dem Handrücken eine Träne aus dem Gesicht.
»Entschuldigen Sie, es schmerzt immer noch.

Wahrscheinlich hat meine Mutter uns Kinder deshalb so abgeschirmt.«
»Ja, vermutlich. Danke, dass Sie mit mir gesprochen haben, ich werde Sie nicht weiter aufhalten.« Svenja steht auf und reicht ihr die Hand. »Hier ist meine Visitenkarte, falls Ihnen noch etwas einfällt.«

* * *

Mit einem freudigen Kribbeln im Bauch schickt sie Ralf vom Taxi aus eine WhatsApp-Nachricht mit vielen Herzchen, dass sie auf einen Drink oder mehrere in der netten Bar neben seiner Kanzlei auf ihn warten wird.

In der Nähe des Hafens steigt sie aus und fährt mit dem Fahrstuhl in eine traumhaft schöne Rooftop-Bar, wo man bei Bedarf auch schnell in ein Zimmer einchecken kann. Letztes Mal hatten sie eines mit Whirlpool und fantastischer Aussicht über den Hafen.

Um diese Zeit sind kaum Gäste in der Bar, aber ausgerechnet ihr Lieblingsplatz, ein nettes Ecksofa für Zwei, ist bereits belegt. Mit einem Pärchen, das einander so verschlingt, dass ein Zimmer angebrachter wäre.

Als ob ihre Gedanken gehört worden wären, steht die Frau nun auf, lacht ihren Partner aufreizend an und zieht ihn an sich. Scheint, als ob dieses Sofa nun frei werden würde.

Erfreut geht Svenja auf die beiden zu, bis der Mann den Kopf wendet und in ihre Richtung blickt. Im selben Moment fühlt es sich an, als ob ihr Herz für einen Moment aussetzt.

»Ralf?«

»Svenja! Was machst du denn hier?«

»Dich überraschen.« Bei diesen Worten spürt sie bereits, wie sich ihre Augen mit Tränen füllen.

»Äh . . .« Verlegen kratzt er sich am Hinterkopf.

»Also, das ist dir gelungen.«

»Ja.« Sie macht auf dem Absatz kehrt und eilt zum Ausgang. Wenn es ihr nicht so peinlich wäre, würde sie laufen. *Nur raus hier.*

34

Nachdem Thomsen eine Streife organisiert hat, die das kleine, private Gästehaus, in dem Maren sich einquartiert hatte, im Auge behalten sollte, entschied er kurzerhand, sie für diese Nacht mit zu sich nach Hause zu nehmen.

»Ich kann doch unmöglich in Ihrem Haus übernachten«, protestiert sie, nachdem er sie auf den Beifahrersitz seines Landrovers verfrachtet und sie in seine Pläne eingeweiht hat.

»Doch, können Sie, und zwar völlig unbesorgt. Wir haben ein Gästezimmer und meine Frau wird sicher nichts dagegen haben.«

»Meinen Sie?«

»Ja, meine ich.«

* * *

Maike kommt aus der Küche, als sie Thomsen aufsperren hört.

»Bärchen! Wie schön, dass du . . .«, beginnt sie, doch als sie Maren sieht, weiten sich ihre Augen. »Ach du meine Güte! Kindchen, was ist denn mit Ihnen passiert? Sie sehen aus, als wären Sie von 'nem Trekker geküsst worden.«

Maren versucht ein zaghaftes Lächeln. »Das wäre mir lieber gewesen, denke ich.«

»Uiii . . . nehmen Sie mal Platz, ich mach uns einen feinen heißen Tee.«

»Ich helfe dir.« Thomsen legt den Arm um ihre Taille und begleitet sie in die Küche.

»Ist sie das, die Tochter des Kindermörders?«, flüstert Maike, kaum, dass sie allein sind.

»Ja, ist 'ne hässliche Geschichte«, flüstert er zurück.

»Warum hast du sie hergebracht?«

»Ich konnte nicht anders«, sagt Thomsen und starrt schuldbewusst zu Boden.

Maike mustert ihn eine Weile. Etwas macht ihm schwer zu schaffen, das ist nicht zu übersehen. Aber jetzt ist nicht der Zeitpunkt, herauszufinden, was ihn quält.

»Ist okay«, flüstert sie und füllt den Teekessel mit Wasser. »Wir beide reden dann später.«

Nachdem Maike die verletzte junge Frau auf die bequeme Couch gebettet und mit heißem Kräutertee und selbst gebackenen Zimtsternen versorgt hat, lässt sie ihrer Neugier freien Lauf.

»Wer hat Ihnen das angetan?«

»Ich weiß es nicht, ich kenne die Männer nicht. Es waren zwei und sie haben mich auf dem Heimweg

überfallen. Vielleicht, weil ich bei der Polizei war oder bei der Mutter, die mich so angeschrien hat.«
»Welche Mutter?«, fragt Maike nach.
»Jondras. Sie hat es gar nicht gut aufgenommen, selbst nach so langer Zeit war sie nicht bereit, mit mir zu reden. Sie hat mich bloß angeschrien.« Maren schlägt beschämt die Hände vors Gesicht. Sie wirkt noch sehr jung in ihrem Kummer und Maike ist voll des Mitgefühls.
»Nehmen Sie sich das nicht so zu Herzen, jeder reagiert anders auf den Verlust eines Kindes. Ich kann da nicht mitreden, weil ich keine eigenen Kinder habe, aber ich kann mir schon vorstellen, dass eine Mutter ein Problem damit hat, Kontakt mit der Täterseite aufzunehmen.«
»Mit der Täterseite?« Maren blickt sie tief verletzt an.
»Entschuldigen Sie, so hab ich das nicht gemeint, ich weiß doch, dass Sie auch bloß ein Opfer der Umstände sind. Aber für die Angehörigen der toten Mädchen sind Sie bloß jemand, der dem Mörder nahesteht.«
»Aber das ist es ja gerade«, schnieft Maren. »Mein Vater wars doch gar nicht. Aber das scheint niemanden zu interessieren, obwohl das doch bedeutet, dass der wahre Täter immer noch frei rumläuft.«
»Tja, sehen Sie, Frau Jakobsen, das glaube ich eben nicht«, widerspricht Thomsen so einfühlsam wie möglich. »Denn nachdem wir Ihren Vater festgenommen haben, hörten diese Morde auf. Es gab kein weiteres Opfer.«
»Aber . . . aber . . .« sucht sie nun verzweifelt nach Worten, » . . . dafür muss es eine andere Erklärung geben.«
Thomsen wiegt bedächtig den Kopf hin und her.

»So sehr ich es Ihnen persönlich auch wünschen würde, ich befürchte, die gibt es nicht.«

»Warum sind Sie sich denn so sicher?«, will Maike nun von ihrem jungen Gast wissen. »Sie kennen Ihren Vater doch erst seit wenigen Wochen, und nur von Gefängnisbesuchen.«

»Ja, leider, das stimmt«, gibt Maren sofort zu. »Aber schon bei unserer ersten Begegnung hat er mein Herz berührt. Er hat gütige Augen, wissen Sie. Nach all den langen Jahren im Gefängnis hat er immer noch gütige Augen. Deshalb weiß ich es. Ich kann es fühlen, dass er ein guter Mensch ist.«

»Mhm«, macht Thomsen, dem darauf keine Erwiderung einfällt.

»Mhm«, macht auch Maike, der es ähnlich ergeht. »Noch einen Zimtstern, vielleicht?«

35

Nachdem Maren das Gästezimmer bezogen und sich darin zur Ruhe begeben hat, findet Maike ihr Bärchen in der Küche vor. Eine frisch geöffnete Bierflasche steht auf dem Tisch.
»Willst du auch eines?«, fragt Thomsen.
»Nee, ich gönn mir ein Likörchen. Jetzt aber mal raus mit der Sprache. Gestern dieser Albtraum und heute dieses schuldbewusste Zu-Boden-Starren. Irgendwas stimmt doch nicht mit dir – oder diesem Fall. Habt ihr damals doch Mist gebaut? Deiner Frau kannst du es wohl sagen.«
»Niemand hat Mist gebaut, also ich jedenfalls nicht, aber es waren andere Zeiten und nicht alles war . . .« Er bricht ab und leert stattdessen die Bierflasche in einem Zug.
Maike schneidet eine Grimasse. »Also ich versteh kein Wort . . .«
»Ich versteh's ja selbst nicht«, bricht es nun aus ihm heraus, »aber die Situation, als ich diese junge Frau verletzt in diesem Zimmer vorfand, das war wie ein Déjà-vu. Und dieses Wort – *Mörderhure* – das brachte all die Bilder zurück, die ich längst verdrängt hatte. Ich

hatte schon mal 'ne verletzte Frau gefunden – vor zwanzig Jahren – aber die war von Flammen eingeschlossen, und es war niemand da, außer mir, der sie hätte retten können. Aber dieses Feuer, diese Hitze, diese Schreie und diese Angst, das war die Hölle.«
»Und sie starb, weil du selbst überleben wolltest?«
»Nein. Ich hab sie gerettet.«
»Aber dann . . . dann warst du doch ein Held.« Maike kippt ihren Likör hinunter und blickt ihn voller Stolz an.
»Für sie vielleicht schon, aber für mich brach an diesem Tag eine Welt zusammen.«
»Das verstehe ich schon wieder nicht.«
»Ich habe das noch nie jemandem erzählt, in meinem ganzen Leben noch nicht«, seufzt Thomsen und öffnet eine zweite Flasche Bier. »Es war am Abend nach der Pressekonferenz, als die ganze Welt erfuhr, dass Asani als zweifacher Kindesmörder angeklagt wurde. Meine Kollegen waren schon gegangen und Broders gab mir zur Feier des Tages in der Kneipe gegenüber einen aus, als er den Anruf bekam. Ich wusste erst nicht, worum es ging, ich konnte bloß hören, dass eine Frau dran war, und dass sie sehr aufgeregt war. Er sagte dann so etwas wie *keine Sorge, ich komme*. Aber das tat er nicht. Er schickte auch keine Streife, sondern trank einfach in aller Ruhe weiter. Ich fragte, was los sei, und er meinte, das wäre bloß Asanis Verlobte gewesen, dich sich nun vor ihren Mitmenschen fürchten würde, da gäbe es keinen Grund zur Eile. Er ließ sie absichtlich warten und erklärte mir, wenn so etwas Bestialisches passiert, brauchen die Familien ein Ventil. Eine Art Genugtuung. Das wären ja keine Mörder, sondern bloß trauernde Verwandte,

die ihr ein wenig Angst machen würden.«
»Oh . . . und was hast du gemacht?«
»Ich bin losgelaufen, rannte, so schnell ich konnte, zu meinem Wagen, der noch beim Revier parkte, und brauste wie ein Wilder zu ihrem Haus. Aber trotzdem dauerte es eben, bis ich dort ankam. Da stand bereits alles in Flammen. Ich wollte dort nicht reingehen, hab mir fast in die Hosen geschissen vor Angst, aber diese Schreie . . .«
Maike streichelt ihm übers Haar. »Aber dann hast du doch alles richtig gemacht. Sogar unter Einsatz deines Lebens.«
»Nun, vielleicht nicht alles. Ich habe Broders nie verziehen, aber ich habe ihn auch nie gemeldet. Ich habe einfach so getan, als ob er mich geschickt hätte. Er hätte den Tod von Marens Mutter in Kauf genommen, und ich habe nie ein Wort gesagt.«
»Und wie hat Broders darauf reagiert?«
»Gar nicht. Wir haben nie darüber gesprochen. Bis heute habe ich überhaupt noch nie mit jemandem darüber geredet.«
»Hm«, macht Maike und schenkt sich ein zweites Gläschen ein. Draußen beginnt es zu schneien und sie schmiegen sich wortlos aneinander.
»Arg«, sagt Maike nach einer Weile. »Wie sich die Geschichte wiederholt. Denkst du, es war derselbe Täter, der damals Marens Mutter attackierte?«
Thomsen hatte dies selbst schon überlegt, aber bevor er antworten kann, klingelt sein Handy.
»Ja? Ach. Nun, das sind gute Nachrichten. Habt ihr schon Namen? Aha . . . ja, festsetzen . . . ich vernehme sie dann morgen früh.«
Als er auflegt, sieht er Maike triumphierend an.

»Beim Gästehaus Rosendahl, wo Maren ihr Zimmer hatte, wurden Ziegelsteine durchs Fenster geworfen. Sören und sein Kollege, die dort Wache schoben, konnten zwei Männer festnehmen, die zu flüchten versuchten. Sie hatten auch einen Benzinkanister dabei.«

»Ach du meine Güte . . . wollten sie das Gästehaus in Brand stecken?«

»Sieht so aus«, brummt Thomsen grimmig.

»Aber wer würde denn so etwas tun?«

»Die beiden Herren heißen Tjaden und Uwe Maas, ihres Zeichens Vater und Onkel von Jondra Maas.«

*Den Schuldigen zu schonen, ist
Grausamkeit gegen den Unschuldigen*

John Locke

FREITAG

36

Aufgrund der nächtlichen Vorkommnisse hat Hauptkommissar Thomsen sein Team schon in aller Frühe zusammengetrommelt. An der Kaffeemaschine in der Personalküche kommt er neben Svenja zu stehen. Ihre sonst so lebhaften blauen Augen sind heute gerötet und von dunklen Schatten umgeben.
»Was ist denn mit dir passiert?«
»Schlecht geschlafen«, murmelt sie ausweichend.
»Nun, das haben wir gemeinsam. Komm mit deinen Kollegen in mein Büro, ich habe Neuigkeiten.«

Nachdem seine Mitarbeiter vollzählig und mit Kaffee versorgt am Besprechungstisch Platz genommen haben, stellt er einen Teller mit Zimtsternen, die Maike für das Team gebacken hat, auf den Tisch und berichtet von den aktuellen Ereignissen. Angefangen von seinem Besuch bei Maren Jakobsen bis zur Festnahme der Maas-Brüder in den frühen Morgenstunden.
»Unglaublich«, kommentiert Jasper. »Nach zwanzig Jahren sind die noch so voll Hass, dass sie die Tochter des Täters attackieren, die überhaupt nichts dafür

kann.«

»Traurig, aber wahr«, ergänzt Thomsen, »und es drängt sich mir der Verdacht auf, dass es genau diese beiden waren, die damals schon Marens Mutter angegriffen und beinahe getötet hatten.« Er erzählt seinen Leuten nun von der dramatischen Nacht vor zwanzig Jahren, wobei er die unrühmliche Rolle seines Vorgesetzten unerwähnt lässt.

»Schlimm«, meint Svenja. »Nur gut, dass du sie noch rechtzeitig aus dem brennenden Haus rausholen konntest.«

»Das war wirklich 'ne Heldentat«, gibt auch Sophie bewundernd zu. »Und schicksalsträchtig noch dazu. Wenn man bedenkt, dass Marens Mutter damals mit ihr schwanger war . . . sie wäre ohne dich nicht geboren worden.«

»Stimmt.« Jasper blickt überrascht hoch. »Arg, wenn man das aus heutiger Perspektive betrachtet. Ich fand das total spannend, mal in die Vergangenheit einzutauchen.«

»Ja, das war es, wenngleich ich das Gefühl habe, dass wir Maren nicht weiterhelfen können«, meint Sophie und angelt sich einen Zimtstern. »Es mag sein, dass ein wenig einseitig ermittelt wurde, andererseits fuhr Asani tatsächlich an allen relevanten Tagen genau die Strecke, auf der die Mädchen verschwanden. Und den Beweis schlechthin – die nagelneue Flasche, die Jondra zum Geburtstag bekommen hatte und die in seinem Lieferwagen gefunden wurde – konnten wir nicht entkräften. Ich befürchte, ich muss Maren sagen, dass sie den Gedanken zulassen muss, dass ihr Vater möglicherweise doch schuldig ist.«

»Trotzdem war die Sache für etwas gut«, befindet

Jasper. »Falls die beiden Maas-Brüder nicht nur für den Anschlag auf Maren verantwortlich sind, sondern auch dafür, was ihrer Mutter vor zwanzig Jahren angetan wurde, dann können wir sie endlich zur Rechenschaft ziehen.«

»Stimmt«, brummt Thomsen zufrieden und greift entspannt nach einem Zimtstern. »Und das werden wir auch tun. Meerkatz, du nimmst dir Fenna Maas und ihre Mutter vor, vielleicht waren sie in die übergriffigen Aktionen eingeweiht.«

Plötzlich beugt er sich vor und blickt seine Oberkommissarin amüsiert an.

»Was macht eigentlich deine zweifarbige Verwandtschaft, die kleine Wespe?«

»Motte.«

»Verzeihung.« Er kichert. »Natürlich, Motte.«

Sophie verzieht keine Miene. Gelassen tunkt sie ihren Zimtstern in den Kaffee, bevor sie antwortet.

»Sie bleibt bis Sonntag, dann holt ihre Familie sie wieder ab.«

37

In einer verwinkelten Wohnhausanlage in St. Peter-Ording braucht Sophie gute zehn Minuten, um jenes Apartment zu finden, das Fenna Maas gemietet hat. Sie ist froh, dass sie so früh dran ist und hofft, Jondras Schwester zu Hause anzutreffen, bevor jene zu ihrer Arbeit aufbricht. Tatsächlich wird die Wohnungstür nach dem zweiten Klingeln von einer hübschen jungen Frau mit braunen Locken geöffnet.

»Ich bin Oberkommissarin Meerkatz von der Kripo Husum«, stellt Sophie sich vor. »Sind Sie Fenna Maas?«

»Ja.« Augenblicklich schwindet die Farbe aus ihrem Gesicht und sie nestelt nervös an ihrem Haar.

»Darf ich reinkommen?«, fragt Sophie höflich.

»Bitte.« Fenna tritt einen Schritt zurück und öffnet ihre Tür. Aber jede noch so kleine Regung ihres Körpers zeigt, wie unwohl sie sich dabei fühlt.

»Dauert es lange?«, fragt sie nervös.

»Nein, keine Sorge«, spielt Sophie die Angelegenheit herunter.

»Ich habe gerade heißen Tee fertig, wollen Sie auch welchen?«, bietet Fenna aus purer Höflichkeit an.

»Sehr gern«, freut sich Sophie und lässt sich am

Esstisch nieder. Auch wenn sie hier spürbar nicht willkommen ist, kann sie nun bleiben, bis sie ihren Tee ausgetrunken hat.

»Seit wann wohnen Sie denn hier?«, beginnt sie mit einer völlig unverfänglichen Frage, um das Eis zu brechen.

»Seit dem Abi. Das hab ich mit Ach und Krach geschafft und gleich anschließend 'ne nette Anstellung hier in einem Maklerbüro gefunden.«

»Dann sind Sie jetzt Immobilienmaklerin?«

»Nein, Sekretärin. Assistentin, eigentlich Mädchen für alles. Ich koche Kaffee, betreue die Webseite, scanne Verträge ein, was eben so anfällt.«

Die junge Frau mit den dichten dunklen Locken bringt zwei volle Teetassen und setzt sich zu Sophie an den Tisch.

Sophie lässt ihre Blicke durch die Wohnung wandern. Sie ist nicht besonders groß, aber gepflegt und liebevoll weihnachtlich dekoriert. Nichts deutet darauf hin, dass Gewalt ein Thema in Fennas Familie ist.

Als hätte sie Sophies Gedanken erraten, sagt Fenna plötzlich: »Ich habe schon gehört, dass mein Vater und mein Onkel letzte Nacht verhaftet wurden. Aber warum, weiß ich nicht.«

»Sie haben Milo Asanis Tochter schlimm verprügelt und bedroht.«

»Milo hat eine Tochter? Aber . . . das wusste ich gar nicht . . .!«

»Ja, und sie hält ihren Vater für unschuldig. Deshalb versuchte sie, mit ihrer Mutter zu sprechen . . . aber der Schuss ging voll nach hinten los. Ihrem Vater und Ihrem Onkel hat das nicht gefallen.«

»Ja, ich weiß.« Fenna bläst über ihren Tee und ihre Augen sehen traurig aus. »Aber was wollen Sie denn von mir?«

»Sie fragen, ob Sie etwas darüber wissen?«

»Nee, mit mir hat das nichts zu tun.«

»Dann empfinden Sie keine Wut auf den Mann, der Ihre Schwester getötet hat?«

»Das ist 'n schwieriges Thema. Aber auf jeden Fall würde ich seiner Tochter nichts antun«, meint Fenna ausweichend.

Sophie betrachtet sie eingehend. Das Verbot ihres Vorgesetzten, die Familien der Opfer neuerlich zu den Morden zu befragen, fällt ihr wieder ein. Das kann sie jetzt wohl als aufgehoben betrachten, nun, da der Rüde sie nun selbst hergeschickt hat – wenn auch in anderer Sache. Es wäre doch geradezu nachlässig, diese Chance auszulassen. Sie räuspert sich.

»Ich würde gerne von Ihnen persönlich hören, wie das war – an dem Tag, als Jondra verschwand.«

»Das ist zwanzig Jahre her«, wehrt Fenna sofort ab.

»Vielleicht erinnern Sie sich trotzdem?«, insistiert Sophie.

Doch die junge Frau schüttelt bloß verneinend den Kopf. Ihre Finger, die die Tasse fest umklammert halten, haben zu zittern begonnen.

»Ich kann mich nicht erinnern.«

Sophie trinkt den Kräutertee aus, zieht eine Visitenkarte aus ihrer Tasche und verabschiedet sich.

»Bitte rufen Sie mich an, falls Ihnen doch noch etwas einfällt.«

38

Tjaden und Uwe Maas warten in verschiedenen Räumen auf ihre Vernehmung. Dem Hauptkommissar war es wichtig, die beiden sofort nach ihrer Verhaftung zu trennen und etliche Stunden im eigenen Saft schmoren zu lassen. In der Zwischenzeit hat er sich das Vorstrafenregister der beiden angesehen. Tjaden hat in seinem bisherigen Leben strafrechtlich betrachtet noch nichts angestellt, also nichts, was man ihm nachweisen hätte können. Ganz anders sein Bruder Uwe. Er hat bereits zwei Gefängnisstrafen wegen Körperverletzung abgebüßt, beide Male wegen Schlägereien. Ganz offensichtlich ist er der gewalttätigere der beiden, weswegen Thomsen beschlossen hat, ihn noch ein wenig länger warten zu lassen. Außerdem hat er sich eine List überlegt, wie er Tjaden Maas zum Reden bringen könnte.

Selbiger sitzt mit hängenden Armen und ausdruckslosem Gesicht im Vernehmungsraum.

»Endlich«, sagt er, als Thomsen mit Jasper eintritt. »Ich dachte schon, Sie hätten mich vergessen.«

»Moin, Herr Maas. Nun, das ist bestenfalls Wunschdenken. Die Vernehmung Ihres Bruders hat

länger gedauert.«
»Sie haben mit Uwe gesprochen?« Sofort beginnen seine Augen unruhig zu flackern.
»Ausführlich.«
»Äh . . .« Sichtlich verunsichert kratzt Maas sich hinter dem Ohr. »Was . . . äh . . . sagte er denn?«
»Letztlich die Wahrheit. Er hat eingesehen, dass Abstreiten nichts bringt. Auf dem Benzinkanister, den er auf der Flucht zurückgelassen hat, haben wir seine Fingerabdrücke gefunden.«
Tjaden Maas sackt in sich zusammen.
»Ich wusste von Anfang an, dass das 'ne Scheiß-Idee war. Zwanzig Jahre später 'n Mädchen drangsalieren, auch wenn sie die Tochter von diesem Scheißkerl ist . . . aber das hatte sie sich auch nicht ausgesucht.«
»Warum haben Sie dann mitgemacht?«, stellt Thomsen die Frage, die sich aufdrängt.
»Sie verstehen das nicht. Meine Frau kann nicht verzeihen. Der Hass auf diesen Mann ist so intensiv, so stark in ihrem Herzen eingebrannt. Wenn der nicht im Gefängnis wäre, würde sie ihn eigenhändig von dieser Erde tilgen. Und als seine Tochter bei ihr aufgetaucht ist, ist das alles von neuem hochgekocht. Dann hat sie Uwe angerufen, und der . . . na ja, sie haben beide so einen Druck gemacht, dass wir das Jondra schuldig wären. Am Ende hab ich selbst geglaubt, ich könnte mich nicht mehr in den Spiegel sehen, wenn ich mich nicht für meine Tochter stark mache. Aber als Uwe im Park auf dieses Mädchen eingedroschen hat, wusste ich, dass es falsch war.«
»Aber geholfen haben Sie ihr nicht – und Sie sind am nächsten Abend wiedergekommen – mit Benzin.«
»Ich wollte es Uwe ausreden, ehrlich, ich sagte ihm,

dass wir das mit dem Feuer bleiben lassen sollten, aber er meinte bloß, ich wäre ein Feigling . . . als dann plötzlich die Streife um die Ecke kam, bin ich losgelaufen.« Tjaden Maas stützt den Kopf in beide Hände und schließt die Augen.

»Dieses Schimpfwort, *Mörderhure*, warum haben Sie dasselbe Wort für die Mutter und die Tochter verwendet?«, leitet Thomsen nun geschickt zum alten Fall über.

»Wie . . . was meinen Sie?«

»Sie wissen genau, was ich meine. Ich spreche von der Mutter des Mädchens, die vor zwanzig Jahren beinahe in ihrem Haus verbrannt wäre. Jemand hatte *Mörderhure* quer über ihre Tür geschrieben.«

»Aber das ist doch bloß ein Schimpfwort. Uwe benutzt das nun mal gern, aber . . . das ist doch schon Ewigkeiten her . . . und das ist doch längst verjährt . . . oder nicht?«

In den stumpfen, resignierten Blick mischt sich nun ein Hauch von Angst.

Thomsen lächelt zufrieden und lehnt sich entspannt zurück.

»Da haben Sie völlig recht. Die Eingangstür beschmieren und einen Ziegelstein durchs Fenster werfen, diese Sachbeschädigungen sind Schnee von gestern, aber was nicht verjährt – niemals – ist Mord.«

»Aber . . . wir haben doch niemanden umgebracht!«, rechtfertigt sich Maas und seine Augenlider beginnen nervös zu zucken.

»Aber beinahe. Die junge Frau, die ich im letzten Moment retten konnte, war bereits bewusstlos, als ich sie raustrug. Sie hatte so viel Rauch abbekommen, dass sie im Rettungswagen reanimiert werden musste. Das war ein Mordversuch, der gerade noch vereitelt werden konnte, und dafür müssen Sie die Verantwortung übernehmen.«

»Ich? Aber warum denn ich? Ich habe doch das Feuer nicht gelegt! Ich habe bloß einen Backstein geworfen, Sie müssen das verstehen, meine Kleine wurde so bestialisch ermordet. Ich war so verletzt, so traurig, so voller Hass, ich musste etwas tun, aber ich wollte diese Frau doch nicht töten . . .« Tränen strömen nun über sein ausgezehrtes Gesicht und seine Schultern beben.

Thomsen schiebt ihm einen leeren Bogen Papier und einen Stift über den Tisch.

»Wenn Sie wollen, dass ich Ihnen glaube, dann schreiben Sie die ganze Wahrheit auf. Jedes Detail. Von Anfang bis Ende. Bleiben Sie ehrlich, beschönigen Sie nichts und lassen Sie nichts weg. Denn, wenn Sie nicht die Absicht gehabt haben, Frieda Eriksen vor zwanzig Jahren zu töten, ist alles, was Sie getan haben, ohnehin verjährt.«

* * *

Auf dem Weg zurück in den Großraum spricht Jasper aus, was ihm durch den Kopf geht.

»Ich verstehe nicht, warum du ihm am Ende ein Schlupfloch gelassen hast. Ich meine, du hast ihm praktisch eine Anleitung für einen Freibrief gegeben.«

»Logisch«, erwidert Thomsen, der mit dem Verlauf

der Vernehmung äußerst zufrieden ist. »Mit dem Mordversuch hab ich ihm einen Riesenschrecken eingejagt, und wenn ich ihm dann keinen Ausweg biete, sagt er kein Wort mehr oder nimmt sich einen Anwalt. Aber wenn er alles aufschreibt, und zwar detailliert, dann haben wir schwarz auf weiß, dass sein Bruder Uwe Marens Mutter bedroht und ihr Haus angezündet hat. Und der kann dann den Vorwurf des versuchten Mordes nicht so leicht entkräften.«

»Geniale Taktik, Chef«, sagt Jasper bewundernd, »von dir kann ich echt viel lernen. Das heißt, wir befragen den Uwe jetzt noch gar nicht?«

»Ganz genau. Den lassen wir schmoren, bis wir alles gegen ihn schriftlich vorliegen haben.«

39

Als Sophie in die Räumlichkeiten der Kripo zurückkehrt, findet sie Svenja weinend in der Personalküche vor.
»Ralf?«, fragt sie mitfühlend.
»Woher weißt du?« Ihre Kollegin zieht laut schniefend durch die Nase hoch.
»Nun, du brichst gestern euphorisch nach Hamburg auf und kommst völlig verheult zurück. Da muss man kein Sherlock Holmes sein, um den Zusammenhang zu erkennen.«
»Mhm . . .«, schnieft Svenja.
»Hat er Schluss gemacht?«, fragt Sophie und reicht ihr ein Taschentuch.
Svenja schüttelt den Kopf. »Das musste er gar nicht, er hatte . . . ach verdammt, ich muss schon wieder heulen, wenn dieses Bild vor meinen Augen auftaucht.«
»Du hast ihn mit einer anderen gesehen?«
Svenja nickt nun.
»In einer eindeutigen Situation?«
»Mhm . . . eindeutiger geht schon nicht mehr.«
»Ach scheiße, Mäuschen.«
Sophie nimmt ihre Kollegin in den Arm und drückt

sie fest. »Ralf ist kein Mann für eine monogame Beziehung, und wird es auch niemals sein. Wenn du ihn nicht teilen willst, musst du ihn gehen lassen.«

»Und was mach ich jetzt mit all der Liebe, die ich für ihn empfinde?«, fragt Svenja unglücklich.

»Darauf weiß ich auch keine Antwort«, gibt Sophie zu.

»Ha, Meerkatz, dass ich diese Worte einmal aus deinem Mund höre!« Thomsen schneit gut gelaunt in die Küche und Svenja wendet ihr verheultes Gesicht ab.

»Das freut dich, nicht wahr?«, antwortet Sophie. »Aber wenn wir schon dabei sind, kann ich auch gleich eingestehen, dass mir nichts Ungewöhnliches oder Widersprüchliches bei den alten Ermittlungen aufgefallen ist. So traurig das für Maren auch ist, ich werde ihr sagen müssen, dass wir auch zwanzig Jahre später keine Hinweise finden konnten, die ihren Vater entlasten würden. Sie muss sich wohl oder übel damit abfinden, dass er diese Verbrechen begangen hat. So gesehen wäre die ganze Aufregung der letzten Tage entbehrlich gewesen, das muss ich jetzt zugeben.«

»Schon okay«, erklärt Thomsen jovial. »Bei mir ist es genau umgekehrt. Ich bin jetzt eigentlich ganz froh, dass du diesen Fall angestoßen hast, weil eben damals nicht alles aufgeklärt worden ist – und damit meine ich, was die Maas-Brüder Asanis Verlobter angetan haben. Das haben wir nun nachgeholt und sie werden vor Gericht zur Rechenschaft gezogen. Uwe Maas auf jeden Fall. Deshalb lade ich euch nun auf einen Punsch am Hafen ein – zur Feier des Tages.«

»Um diese Uhrzeit?«, fragt Sophie verblüfft. »Es ist noch nicht mal Mittag!«

»Wieso nicht?«, fragt Thomsen zurück. »Zum Feiern ist doch keine Uhrzeit verkehrt! Außerdem kannst du gerne ein paar heiße Futjes verdrücken! Geht heute alles auf meine Rechnung.«
»Gilt das auch für Fischbrötchen?«, will Jasper wissen und seine Augen strahlen bereits vor Vorfreude.

* * *

Sophie steht mit ihren beiden männlichen Kollegen an einem der Stehtische vor dem Punschstand und wärmt sich die Hände an einem großen Pott mit heißem Orangenpunsch, der köstlich und weihnachtlich zugleich duftet. Svenja hatte sich geweigert mitzukommen, weil sie sich mit so einem verheulten Gesicht, wie sie es formulierte, nicht unter die Leute traut. Daraufhin sagte auch Maike ab, die Thomsen ebenfalls eingeladen hatte, um ihrer jungen Freundin in ihrem Liebeskummer beistehen zu können.

Nachdem Jasper mit großem Appetit seine heiß geliebten Fischbrötchen verschlingt, fällt es Thomsen und Sophie zu, die Unterhaltung zu bestreiten, was ohne die Unterstützung von Freunden oder Kollegen nur sehr holprig gelingt.

»Lecker, der Punsch.« Sophie lächelt.

»Ja, prima«, brummt Thomsen.

Danach sehen sie schweigend zu, wie Jasper vor dem Hintergrund unzähliger weihnachtlicher Lichter selig vor sich hin kaut.

Als das elektronische Möwengekreisch aus ihrer Handtasche dringt, zieht Sophie erleichtert ihr Handy heraus und geht ein paar Schritte zur Seite. Das Display zeigt *Dr. Alexandra Müller*.

»Alex, was für eine Überraschung!«

»Ja, ich weiß, ich hätte mich schon früher melden sollen«, entschuldigt sich ihre Freundin. »Aber so traurig es ist, Berlin geht in der Vorweihnachtszeit in Leichen unter. Nicht nur Beziehungen eskalieren, auch die Selbstmordsaison erreicht ihren Höhepunkt . . . und bei etlichen muss ich dann doch nachsehen, ob vielleicht jemand nachgeholfen hat. Was deinen Fall betrifft, ich hab mir die Autopsieberichte angesehen . . .«

»Kannste knicken«, unterbricht Sophie. »Es hat sich rausgestellt, dass alles damals im Wesentlichen korrekt ablief. Wir haben nichts gefunden, was Asani entlasten würde . . .«

»Ich hätte ohnehin bloß 'ne einzige Frage gehabt: Sind danach noch weitere Mädchen in der Umgebung verschwunden?«

»Nein, und auch nicht ermordet worden«, ergänzt Sophie.

»Dann sieht es tatsächlich so aus, als ob damals der Richtige verhaftet wurde. Denn nachdem ich die beiden Berichte miteinander verglichen habe, würde ich schwören, dass es derselbe Täter war. Aber das ist noch nicht alles. Dieser Mörder hat Gefallen daran gefunden, was er tat. So arg das auch klingt, er hat seinen Missbrauch zelebriert und ich bin überzeugt davon, wenn man ihn nicht gestoppt hätte, hätte er es wieder getan.«

»Danke für diese Bestätigung. Das war auch

Thomsens Hauptargument. Aber, wie gesagt, nach Asanis Verhaftung gab es keinerlei ähnliche Vorfälle mehr.«
»Scheint, als hätte dein Grummelchef diesmal richtiggelegen«, lacht Alex.
»Ich musste es soeben eingestehen«, erwidert Sophie bedauernd, »und nun versuche ich, mich mithilfe eines göttlichen Orangenpunschs über diese Schmach hinwegzutrösten.«

Als sie an den Stehtisch zu ihren Kollegen zurückkehrt, ist Jasper bereits bei der Nachspeise angelangt. Vor ihm steht nun ein Teller mit heißen Futjes, die dafür sorgen, dass er seinen seligen Gesichtsausdruck beibehält.

»Ich habe für Nelli eine Eisenbahn gekauft. So eine mit Lichtern und Geräuschen, die im Kreis fährt«, erzählt er Thomsen mit vollem Mund.

»Wie schön«, erwidert jener mit ungewohnt sonniger Miene. »Mein Sohn hatte auch eine als Kind, die mochte er gern.«

Die elektronischen Möwen in Sophies Handtasche kreischen erneut und sie sieht nach, wer nun schon wieder stört. Diesmal ist es Svenja.

»Gehts dir besser?, fragt sie ihre Kollegin. »Möchtest du herkommen? Wir sind noch am Hafen . . .«

»Nein nein, Maike ist hier, das tut mir gut. Also, warum ich anrufe: Soeben ist Maren aufgetaucht. Soll ich ihr die traurige Wahrheit verklickern oder möchtest du . . .«

»Ich mach das«, erklärt sich Sophie sofort bereit. »Ich habe ihr versprochen, ich gehe der Sache nach und nun muss sie das Ergebnis eben auch verkraften. Ich bin in ein paar Minuten da.«

* * *

Es ist keine angenehme Aufgabe, die verzweifelte Hoffnung einer jungen Frau zu zerstören. Noch dazu einer Frau, die schon so viel durchgemacht hat. Ihre Augen sind immer noch blutunterlaufen, das linke zusätzlich noch böse geschwollen. Aber Fakten sind nun mal Fakten, die lassen sich nicht schönreden.

»Maren, ich kann Ihnen mitteilen, dass wir den Fall, so gut das nach zwanzig Jahren möglich war, überprüft haben. Wir haben nicht nur die Akten durchgesehen, sondern auch mit Zeitzeugen gesprochen. Wir fanden allerdings weder Hinweise auf einen anderen Täter, noch Beweise, die ihren Vater reinwaschen würden. So leid es mir auch tut ... alles, wirklich alles deutet darauf hin, dass *er* es war, der diese Verbrechen beging.«

Die junge Frau, die ihr gegenübersitzt, wirkt hilflos in ihrer Verzweiflung. Tränen rinnen ihr über die Wangen, während sie mit bebenden Schultern den Kopf abwendet und aus dem Fenster starrt.

»Ich wünschte, ich hätte bessere Nachrichten für Sie«, fügt Sophie noch hinzu.

Maren steht auf. Ein wenig schwankend zwar, aber tapfer. Sie beißt sich auf die Unterlippe und streckt Sophie ihre schmale Hand hin.

»Danke für alles. Sie haben es wenigstens versucht.«

»Was haben Sie jetzt vor?«

»Ich habe heute am späten Nachmittag noch einen Besuchstermin bei meinem Vater. Ich hatte so gehofft, mit guten Nachrichten zu ihm zu fahren. Aber nun. . .« Sie wischt sich die Tränen von den Wangen. »Vielleicht leihe ich mir Geld und engagiere einen Privatdetektiv, der seine Unschuld beweisen kann.«

»Ähem«, räuspert sich Sophie. »Ich denke, es wäre vielleicht besser für Sie, wenn Sie loslassen und zur Ruhe kommen würden. Es wäre an der Zeit, zu akzeptieren, dass Ihr Vater getan hat, wofür er verurteilt wurde«, schlägt Sophie vor.

»Niemals!«, sagt Maren nun mit fester Stimme und ihr Blick wirkt beinahe zornig. »Ich werde es niemals akzeptieren.«

Mit einer Enttäuschung wird man eher fertig als mit einer zerstörten Illusion

Friedl Beutelrock

SAMSTAG

40

Seit fünf Uhr früh liegt Svenja wach, wobei sie auch davor nur wenig und schlecht geschlafen hatte. Um sechs Uhr hievt sie sich aus dem Bett. Gerädert, wie sie ist, begibt sie sich direkt in die Küche, um ihre Lebensgeister wiederzubeleben.

Der Kaffee ist alle, auch das noch. Frustriert starrt sie auf den kümmerlichen Rest in der Packung, der nicht mal für eine Tasse reicht.

Sie beschließt, ins Büro zu fahren. Um mal aufzuräumen und . . . nun ja, hauptsächlich, um sich abzulenken. Außerdem gibt es dort frischen Kaffee und wer weiß, vielleicht bekommt sie Lust, ein wenig weihnachtlich zu dekorieren.

Nach zwei Stunden ist alles erledigt, sämtliche Unterlagen sind wieder in den Archivboxen verstaut. Nun sieht sie gelangweilt aus dem Fenster. Es hat wieder zu schneien begonnen.

Eine uniformierte Kollegin klopft an die Glastür und übergibt ihr das handschriftliche Geständnis von Tjaden Maas.

Svenja bedankt sich und überfliegt die Seiten.

Offenbar verhielt es sich tatsächlich so, wie sie vermutet hatten. Uwe Maas, der Onkel des ermordeten Mädchens, war die treibende Kraft hinter den heimtückischen Attacken.

Das Geräusch des Faxgerätes schreckt sie auf. Während das Ding lautstark Zeile für Zeile ausspuckt, wird ihr bewusst, dass sie in letzter Zeit kaum noch Faxe bekommen. Logisch, E-Mails sind deutlich praktischer.

Neugierig nimmt sie die Nachricht an sich, die von der JVA Lübeck abgesendet wurde und zwei Seiten umfasst.

Auf Seite eins teilt ein Vollzugsbeamter namens Otmar Schrot der Kriminalpolizei Husum mit, dass der Insasse Milo Asani sich nach langwährender Inhaftierung nun doch zu einem Geständnis entschlossen hat. Er habe es gestern nach dem Besuch seiner Tochter aus eigenem Antrieb und frei von Druck verfasst.

Auf der zweiten Seite findet sich die handschriftliche Erklärung von Milo Asani.

An den Herrn Hauptkommissar von Husum, wo ich vor langer Zeit gelebt hatte.

Ich bitte Sie, mein Geständnis anzunehmen und sämtliche weitere Ermittlungen in der Sache einzustellen. Ich tue dies, um weiteren Schaden von meiner Tochter abzuwenden. Sie muss ihren inneren Frieden finden und ich denke, dass mein Geständnis dazu beitragen kann. Das ist das einzig Gute und Richtige, was ich in meinem Leben noch machen kann.

Deshalb gestehe ich nun im Vollbesitz meiner geistigen Kräfte und ohne dazu von jemandem genötigt worden zu

sein, dass ich vor zwanzig Jahren Lina Wessel und Jondra Maas ermordet habe. Ich war damals noch ein anderer Mensch, und ich dachte, wenn ich meine schrecklichen Taten lange genug leugne, komme ich irgendwann damit davon. Meine Tochter hat mir jedoch die Augen dafür geöffnet, wie wichtig die Wahrheit ist, und deshalb schreibe ich dieses Geständnis. Es tut mir sehr leid, was ich diesen Mädchen und ihren Familien angetan habe und ich bereue es zutiefst.
Hochachtungsvoll
Milo Asani

Svenja lässt sich auf ihren Schreibtischsessel fallen. Fassungslos liest sie das Schreiben ein zweites Mal.

41

»Bei euch ist es viel entspannter«, sagt Motte, die auf dem Küchenboden liegt und Otellos weißen Bauch krault.
»Was denn?«, fragt Sophie und sieht von ihrer Zeitung hoch.
»Einfach alles. Allein, dass ich auf dem Boden liegen kann, ohne dass sich jemand aufregt.«
»Wer regt sich auf?«, fragt Nils und kuschelt sich dazu.
»Vor allem mein Vater. Er schimpft ständig mit mir.«
»Mein Vater schimpft auch mit mir«, erklärt Nils altklug.
Motte lacht und kitzelt ihn. »Ja, aber bei dir liegt's daran, dass du eine kleine Nervensäge bist.«
»Bin ich nicht«, erwidert er kichernd.
»Bist du doch!«
»Bin ich nicht.«
»Bist du doch!«
»Bin ich nicht.«
»Bist du doch!«
»Gehst du mit mir Skateboard fahren?«, schwenkt

Nils plötzlich um.
»Bei dem Wetter?« Motte tippt sich an die Stirn.
»Rutschst du mit mir die Feuerwehrstange runter?«
»Okay, aber nur ein Mal.«
»Drei Mal!«
»Ein Mal!«
»Drei Mal!«
Taako verdreht die Augen bis zur Decke, als er Sophie den fertigen Toast reicht.
»Wärst du sehr traurig, wenn wir keine weiteren Kinder bekommen?«, flüstert er.
»Kein Bisschen«, flüstert sie amüsiert zurück.
Aus dem Wohnzimmer dringt das elektronische Möwengekreisch.
»Dein Klingelton ist so krass«, erklärt Motte und holt bereitwillig das Gerät. »Den musst du mir schicken, ich glaube, der könnte meine Eltern in den Wahnsinn treiben.«
»Ich bin überzeugt davon«, pflichtet Taako ihr bei.
»Auch einen Toast?«
Sophie zieht sich für das Gespräch ins Wohnzimmer zurück. Doch die Verbindung ist schlecht.
»Ich habe Sie nicht verstanden, sagen Sie mir bitte noch mal, wer Sie sind?«, fordert sie die Anruferin auf.
»Lara Hansen, vom Nordhuus in Arlewatt.«
»Ah, ja. Ich erinnere mich. Wir wurden dort vom Stromausfall überrascht.«
»Genau. Deshalb rufe ich an. Er ist immer noch nicht da.«
»Wer?«
»Der Strom.«
»Nein, aber das . . . das müssen schon drei Tage sein.«

»Ja, sind es. Können Sie vielleicht helfen?«
»Wie meinen Sie das?«
»Weiß ich auch nicht so genau, aber alle hier versprechen bloß, dass der Strom wiederkommt – aber es passiert nicht. Vielleicht kennen Sie ja jemanden, der jemanden kennt . . . es ist nämlich echt scheiße, so ohne Licht. Außerdem können wir weder kochen noch kühlen. Die Gefriertruhe beginnt auch schon zu müffeln . . .«
»Ich verstehe schon«, erklärt Sophie. »Ich werde sehen, was ich machen kann.«

»Hast du gewusst, dass Arlewatt immer noch ohne Strom ist?«, fragt Sophie, als sie in die Küche zurückkehrt.
»Ja, aber nicht ganz Arlewatt«, erwidert Taako. »Bloß 'n paar Häuser. Soviel ich weiß, wird aber fleißig dran gearbeitet. Soll ich für dich nachfragen?«
»Ja, bitte. Das wäre lieb. Die Tochter der Gastwirtin vom Nordhuus ist schon völlig verzweifelt.«
»Kann ich noch einen Toast?«, fragt Nils.
»Was?«, fragt Taako. »Zerkrümeln?«
»Essen.«
»Schaffst du einen ganzen Satz?«
Nils rollt mit den Augen.
»Kann ich noch einen Toast essen?«
»Also eigentlich«, mischt Motte sich nun ein, »heißt das: *Kann ich noch einen Toast essen, bitte.*«
»Oh Mann«, stöhnt Nils und streckt seine Hand nach einem Glas aus, an das er nicht rankommt. »Kann ich auch Marmelade?«
Sophie lacht laut heraus und Motte stimmt mit ein.
»Okay, ich geb's auf«, erklärt Taako und reicht

seinem Sohn das Marmeladenglas.

Als das Gelächter verebbt, ist das elektronische Möwengekreisch wieder zu hören. Diesmal steht *Svenja Tades Mobil* auf dem Display.

»Moin Svenja, was gibts?«

»Halt dich fest, ich hab echt unglaubliche Neuigkeiten. Milo Asani hat gestanden!

»Nein!«

»Doch! Und ich habe keine Ahnung, wie ich das seiner Tochter beibringen soll!«

Das Feuer in seiner Seele soll man nie ausgehen lassen, sondern schüren

Vincent van Gogh

SONNTAG

42

Sophie fröstelt, während sie die Kaffeemaschine in der Personalküche mit Wasser füllt. Während sie wartet, dass der Kaffee durchläuft, reibt sie sich die Hände warm.

Eine Stunde hat sie mit Spazierengehen in der Kälte verbracht, bevor ihr die Idee kam, sich in die geheizten Büroräumlichkeiten zu retten.

Gerade, als sie mit ihrer dampfenden Tasse die Küche wieder verlassen will, platzt Svenja herein. Die Augen nach wie vor in dunklen Höhlen, die Wangen gerötet vom kalten Wind. Und sie bringt einen Eishauch mit.

Sophie fröstelt erneut.

»Was machst du hier?«, fragt sie verblüfft.

»Dasselbe wollte ich dich gerade fragen. Ich hätte nicht gedacht, hier mit frischem Kaffee begrüßt zu werden«, freut sich Svenja.

»Familie«, gibt Sophie nun zu und schenkt für ihre Kollegin eine weitere Tasse ein. »Meine Schwester holt ihre Tochter ab, und da bin ich lieber nicht zu Hause.«

»Warum willst du sie denn nicht sehen, deine Schwester, die ihre Kinder nach Insekten benennt?«, fragt Svenja ein wenig belustigt, während sie sich mit ihrem Kaffee am Besprechungstisch niederlässt.

Sophie setzt sich zu ihr.

»Das ist 'ne lange Geschichte, auf den Punkt gebracht würde ich sagen, ich hab die Schnauze voll.«

»Krass. Und jetzt hast du sie Taako überlassen?«

»Ja.« Sophies Mundwickel zucken nun ein wenig amüsiert. »Bin schon gespannt, wie das läuft. Und bei dir? Immer noch Liebeskummer?«

»Leider.« Svenja seufzt. »Ständig kommen Nachrichten von ihm. Er will, dass wir uns weiterhin treffen, ich soll das nicht so eng sehen, das Leben ist kurz, wir sollten es genießen, wann immer möglich . . . aber ich kann nicht. Jedes Mal, wenn das Bild in meinem Kopf wieder hochpoppt, wie er mit der anderen auf "unserer Couch" rumgemacht hat, drückt es mir die Tränen in die Augen. Das ist praktisch das Gegenteil von Genießen.«

»Mhm . . .« Sophie schubst die Taschentücher-Box, die auf dem Tisch steht, zu ihrer Kollegin hinüber.

Svenja schnäuzt sich dankbar. »Warum hast du mich eigentlich nicht gewarnt?«

»Vor Ralf? Hätte das denn etwas gebracht? Hättest du mir geglaubt? In deiner ersten Euphorie, als du dich wonnig auf Wolke Sieben gerekelt hast? Da hättest du doch bloß gedacht, ich gönne ihn dir nicht.«

»Ja, wahrscheinlich«, gibt Svenja nun zu. »Nein, sogar sicher, du hast recht, ich hätte dir kein Wort geglaubt. Ich dachte wirklich, er wäre der Mann fürs Leben.«

Sophie muss plötzlich lachen. »Weißt du, was der erste Satz war, den ich von Jasper zu hören bekam, als ich hier ankam? *Das Leben hält immer wieder*

Enttäuschungen für uns bereit.«

Svenjas verquollene Augen werden groß und rund. »Das sagte er zu dir? Zur Begrüßung? Das war ja voll fies!«

»Nein, zu einem Touri, dem das Rad gestohlen wurde«, erklärt Sophie, »aber wenn wir schon beim Thema Enttäuschungen sind – wie hat Maren die Nachricht verkraftet, dass ihr Vater nun nach so vielen Jahren doch noch gestanden hat?«

»Ganz schlecht. Sie hat nichts gesagt, bloß geweint.«

»Wo ist sie denn jetzt? Noch in Husum oder zurück in Hamburg?«

»Hm, mal überlegen . . . gestern, als ich mit ihr telefonierte, war sie bei Maike. Zum Glück. So konnte ich wenigstens sicher sein, dass sie sich in ihrem Kummer nichts antut. Soviel ich weiß, fährt sie heute wieder nach Hause.«

»Und was sagt Maike?«, hakt Sophie nach. »Hast du mit ihr auch gesprochen?«

»Ja. Sie sagte, Maren wäre schon sehr erschöpft gewesen, als sie am Freitag spätabends von dem Gefängnisbesuch zu ihr zurück kam. Aber das überraschende Geständnis hätte ihr gänzlich den Boden unter den Füßen weggezogen. Sie ist nun völlig zerrissen zwischen Verzweiflung und Verleugnung.«

»Verleugnung?«

»Ja. Maike sagte, Maren bildet sich ein, dass sie selbst daran Schuld trägt. Sie sagte, sie hätte ihren Vater erschreckt, als sie ihn besuchte, weil ihr Gesicht so misshandelt aussieht. Nun ist sie überzeugt davon, er hätte nur gestanden, damit sie niemand mehr verprügelt.«

»Ach du meine Güte . . .«, stöhnt Sophie, doch das

laute Möwengekreisch, das einen Anruf meldet, fordert ihre Aufmerksamkeit. Die Nummer am Display kennt sie nicht.

»Oberkommissarin Meerkatz.«

»Moin Frau Kommissarin, hier spricht Fenna Maas. Entschuldigen Sie bitte, dass ich Sie am Sonntag anrufe. Wenn Sie nicht im Dienst sind, kann ich auch morgen nochmals . . .«

»Kein Problem«, unterbricht Sophie. »Ich bin im Büro. Worum geht es denn?«

»Ja, also, das ist nicht so einfach, ich weiß es in Wahrheit selbst nicht so genau«, erwidert Fenna ein wenig zaghaft. »Irgendetwas passt für mich in meiner Erinnerung nicht ganz zusammen, und es würde mir helfen, darüber mit Ihnen sprechen zu können. Wäre das möglich?«

»Ja, am besten kommen Sie sofort«, antwortet Sophie und setzt in Gedanken hinzu, dann habe ich nachmittags noch Chancen auf ein Privatleben.

* * *

Fenna Maas sieht blass aus und wirkt sehr unsicher. Ihre Augen weisen ebenso dunkle Ringe auf wie Svenjas.

»Haben Sie schlecht geschlafen?«, fragt Sophie, nachdem sie die junge Frau mit den langen dunklen Locken mit Kaffee versorgt hat.

»Ja, es fühlt sich an, als schliefe ich gar nicht mehr.

Nicht seit . . . seit das alles wieder hochkocht.«
»Das verstehe ich gut. In so jungen Jahren Ihre Schwester zu verlieren war sicher traumatisch.«
»Ja.« Schuldbewusst starrt Fenna zu Boden.
Sophie beobachtet sie eine Weile.
»Spucken Sie es aus«, sagt sie schließlich, »deshalb sind Sie ja hier. Sonst wälzen Sie sich noch eine weitere Nacht in Ihrem Bett hin und her.«
»In Ordnung.« Fenna holt tief Luft. »Ich habe das noch nie jemandem erzählt. Es geht um die Flasche.«
»Welche Flasche?«, fragt Svenja verdutzt.
»Jondras Trinkflasche, die sie zum Geburtstag geschenkt bekam.«
»Was ist damit?«, will Sophie wissen.
»Ich hab sie heimlich genommen.« Fenna beißt sich auf die Lippen und fährt sich mit ihren Fingern durch die dunkelbraune Lockenpracht. »Es ist so lächerlich, das zwanzig Jahre später auf einem Polizeirevier zu gestehen, aber ich glaube, es hat eine Bedeutung. Gucken Sie mal!«
Sie zieht eine Ausgabe der Husumer Lokalzeitung aus der Tasche. »Hier steht etwas über den Anschlag gegen Milos Tochter, für den mein Vater und mein Onkel verantwortlich sind . . .« Sie wendet sich ab, um sich wieder zu sammeln. »Und deshalb fühle ich mich richtig schuldig.«
»Das verstehe ich nicht«, erklärt Sophie ruhig. »Niemand verdächtigt Sie, bei der gewalttätigen Aktion gegen Maren Jakobsen dabei gewesen zu sein, oder auch nur davon gewusst zu haben . . .«
»Darum geht es nicht«, unterbricht Fenna, »es tut mir leid, ich bin so durcheinander. Es geht um diesen Artikel hier.« Sie legt nun den Finger auf den Text

daneben. »Aufgrund dieser gewalttätigen Aktion verfasste die Zeitung eine Zusammenfassung der Morde, die vor zwanzig Jahren geschahen. Hier steht, dass Milo nie gestanden hat, aber dennoch überführt werden konnte, weil die Trinkflasche des zweiten Opfers bei ihm im Lieferwagen gefunden wurde.«

»Richtig, und auch die Fingerabdrücke beider Mädchen«, bestätigt Sophie, die immer noch keine Ahnung hat, worauf ihre Gesprächspartnerin eigentlich hinaus will. »Sie können sich aber wieder beruhigen, denn Milo Asani hat mittlerweile gestanden.«

»Echt?«, fragt Fenna und die Überraschung ist ihr deutlich anzumerken. »Stimmt das wirklich?«

»Ja, damit scherzen wir nicht.«

»Dann spielt es wohl keine Rolle mehr, was ich zu sagen habe . . .«

»Sie sollten es trotzdem sagen«, schlägt Sophie vor. »Möglicherweise werden für uns die Dinge dadurch noch ein wenig klarer.«

»Vermutlich nicht, aber okay«, gibt Fenna nach. »Es macht ohnehin keinen Unterschied mehr. Also, wie schon gesagt, es geht um diese Flasche. Meine Schwester hatte am Sonntag ihren Geburtstag gefeiert, bei uns zu Hause, mit einigen Freundinnen, die sie eingeladen hatte. Sie bekam so viele Geschenke, eines toller als das andere, und sie wollte mir nichts abgeben. Nicht mal die neue Wasserflasche, die mir so viel besser gefiel als meine alte. Und da hab ich sie mir einfach genommen.«

»Wie genommen?«, hakt Svenja nach, die bisher bloß gebannt zugehört hat.

»Heimlich. Als sie mit ihrer Klasse beim Sportunterricht war, nahm ich sie aus ihrer Schultasche.

Den ganzen restlichen Schultag hab ich sie dann in meiner Schultasche versteckt, damit niemand sieht, dass ich sie habe. Als die Schule aus war, war mir klar, dass ich Mist gebaut hatte. Jondra suchte bereits nach ihrer Flasche und bat mich, ihr zu helfen. Ich wollte mich entschuldigen, aber sie war so wütend, und da dachte ich, es wäre besser, wenn ich so tun würde, als würde ich die Flasche irgendwo finden.

Aber sie ließ mich nicht aus den Augen, klebte an mir dran, wo ich auch hinging. Bis eine Lehrerin uns in der Garderobe entdeckte und hinausschmiss. Der Bus nach Arlewatt war da längst weg.

Jondra wollte noch das Gelände um die Schule herum absuchen, aber ich sagte, dass ich Hunger hätte und nach Hause wollte. In Wahrheit wollte ich dringend die Flasche irgendwo loswerden, weil ich mich bloß noch wie eine abscheuliche Diebin fühlte.

Ich lief also los. Ich wollte so lange laufen, bis ich aus ihrer Sichtweite war und dann die Flasche in ein Feld werfen. Doch plötzlich hielt Milo mit seinem Lieferwagen neben mir an. Er nahm uns Kinder immer wieder mal mit nach Arlewatt, wenn wir unseren Bus verpassten. Er fand, Kinder sollten nicht am Rand einer Landstraße entlanglaufen, das wäre zu gefährlich. Ich stieg also ein. Immer noch beschäftigte mich der Gedanke, wie ich die Flasche loswerden könnte, und schließlich schob ich sie in einem unbeobachteten Moment unter den Sitz.

Milo hielt am Nordhuus in Arlewatt an und wie jedes Mal, wenn ich mit ihm mitfuhr, stieg ich dort aus. Ja, und dann lief ich heim und wartete auf Jondra, die nie kam. Bis heute Morgen wusste ich nicht, dass diese Flasche bei Milos Verurteilung eine Rolle gespielt hatte, meine Eltern hatten es nie erwähnt, überhaupt wurde ich von dem ganzen Prozess abgeschirmt. Wir zogen deshalb sogar um. Das war für meine Eltern und für mich eine so schreckliche Zeit, und die ganze Zeit über hatte ich diese Schuldgefühle. Hätte ich meiner Schwester die Flasche nicht weggenommen, hätten wir beide den Bus nicht verpasst. Dann hätte sie vielleicht nicht sterben müssen.«

»Äh . . .«, meint Svenja ein wenig verwirrt. »Ich glaube, es gibt da noch ein Detail, das Sie wissen sollten: Milo Asani hat zugegeben, Jondra im Auto nach Arlewatt mitgenommen zu haben. Er gab an, dass sie beim Nordhuus ausgestiegen wäre, aber niemand hat sie dort gesehen.«

»Das war nicht Jondra, das war ich. Er konnte uns nie wirklich auseinanderhalten. Wir waren beide gleich groß und hatten die gleichen Haare, er nannte jede von uns einfach bloß Lockenkopf.«

Auch Sophie weiß nicht so recht, wie sie Fennas Erzählung einordnen sollte.

»Wenn Sie mit Asani mitgefahren sind . . . könnte es dann sein, dass Ihre Schwester mit jemand anderem mitgefahren ist?«

Fenna zuckt die Schultern. »Keine Ahnung.«

»Sind Sie jemals mit irgendwem anderen mitgefahren?«

»Nee, bloß mit meinen Eltern. Und mit meinem Onkel natürlich . . . aber bei dem habe ich mich nie richtig wohlgefühlt«, setzt sie plötzlich hinzu.

»Wieso nicht?«, hakt Svenja sofort ein.

»Ich mochte die Art nicht, wie er mich ansah. Außerdem schimpfte er immer gleich, wurde schnell wütend. Tja, das ist heute noch so.«

»Oder Asani fuhr an diesem Tag dieselbe Strecke noch mal und nahm beim zweiten Mal Jondra mit«, überlegt Sophie. »Aber ergibt das einen Sinn?«
»Ach nee«, meint Svenja und formt ihre Lippen zu einem Entenschnabel. »Kaum hatten wir die Sache mit einem guten Gefühl abgeschlossen, wird's schon wieder knifflig.«
»Ja, ähem, wie auch immer . . . ich wollte es Ihnen trotzdem sagen . . .«, beginnt Fenna, wird jedoch von lautem elektronischen Möwengeschrei unterbrochen.
»Oberkommissarin Meerkatz.«
»Moin Frau Kommissarin, hier spricht Lara Hansen«, kann Sophie gerade noch verstehen, dann geht die Stimme in einem Schluchzen unter.
»Was ist denn los?«
»Der Strom ist wieder da . . . aber da ist . . . da ist . . .«
»Was denn?«
»Sie müssen sofort kommen. Bitte jetzt gleich. Da ist . . .«
»Frau Hansen, beruhigen Sie sich und sagen Sie mir, was los ist.«
»Da ist . . . eine Leiche in unserem Keller.«
»Was?« Sophie meint, sich verhört zu haben. Gleichzeitig läutet nun auch das Telefon auf Svenjas Schreibtisch.
»Kripo Husum, Kommissarin Tades.«
»Moin Svenja, Sören Rijnders spricht. Wir sind hier im Nordhuus in Arlewatt. Da liegt 'n Toter in 'ner Gefriertruhe, der stinkt, so was hab ich noch nicht erlebt . . .«

43

Nachdem Sophie Fenna Maas heimgeschickt hat, ist sie mit Svenja auf dem Beifahrersitz Richtung Arlewatt losgebraust. Während sie das Gaspedal durchtritt, setzt ihre Kollegin telefonisch den Hauptkommissar ins Bild.
»Nee, wir wissen noch nicht mehr. Ja, 'ne Leiche in 'ner Gefriertruhe. Offenbar ist sie aufgrund des Stromausfalls aufgetaut . . . ja, okay, wir sehen uns dort.«

* * *

Lara Hansen läuft Sophie bereits aufgeregt entgegen. Ihre langen blonden Haare hängen ihr wirr ins Gesicht, aber sie scheint es nicht zu bemerken. Ihre Augen sind von Panik geweitet und sie bringt keinen einzigen zusammenhängenden Satz heraus.
»Die Männer . . . wegen dem Strom . . . der alte

Stromkasten . . . im Keller. Es hat gestern schon gestunken . . . Mama hat etwas gewusst . . . aber sie redet nicht mehr . . . und sitzt in der Küche . . . da ist ein Toter in unserem Keller und sie redet nicht mit mir . . .«

Sophie versucht, die Aufgeregte zu beruhigen. »Ich kümmere mich um Ihre Mutter. Vielleicht spricht Sie ja mit mir? Haben Sie Ihre Schwester schon angerufen?«

Lara nickt. »Ja, sie kommt her. Sie hat gesagt, sie fährt sofort los.«

»Gut«, meint Sophie. »Svenja, du bringst bitte Lara Hansen aufs Revier, da könnt ihr schon mal alles aufnehmen, und ich kümmere mich hier um den Tatort.«

Bereits im Gastraum nimmt sie einen ekelhaften Geruch wahr. Einen, den sie kennt. Eindeutig ein verwesender Körper.

»Moin, Frau Oberkommissarin«, grüßt Rijnders, der mit mehreren Männern an der Theke zusammensteht.

»Moin zusammen«, erwidert Sophie. »Wer hat die Leiche gefunden?«

»Ich«, meldet sich ein jüngerer Mann, der ein wenig blass um die Nase ist. »Ich bin Elektromonteur und wir sind schon seit Tagen im Einsatz, um den Strom wieder zum Laufen zu bringen. Aber das war kein Kinderspiel. Gestern Abend dachten wir dann, wir hättens geschafft, aber heute früh rief Lara wieder an und beschwerte sich, dass, seit der Strom wieder da ist, ständig die Sicherungen rausspringen. Also kam ich heute Morgen hierher und wir haben die Geräte gecheckt, aber alle waren okay. Auch die beiden Gefriertruhen im Keller – aber es hat schon komisch gerochen. Und dieser

Gestank kam aus dem verschlossenen Kellerbereich. Frau Hansen, die Wirtin, erlaubte mir aber nicht, dort nachzusehen. Ich sollte bloß den Strom wieder zum Laufen bringen.

Sie hat mich richtig angeschrien. Ich sagte ihr, wenn ein Gerät defekt ist, dann wird es immer wieder zu einem Kurzschluss kommen. Also stritten wir 'ne Weile, bis Lara mit 'nem Bolzenschneider ankam. Sie sagte, sie hätte genug von dem Frieren und dem Scheißgestank und wollte einfach bloß alles wieder auf die Reihe kriegen. Sie bat mich, das Schloss aufzuknacken, aber ihre Mutter verbot es mir.

Ich hab mich dann auf Laras Seite geschlagen. Weil sie mir leidtat, und außerdem musste irgendwo ein defektes Gerät sein. Also hab ich das Schloss geknackt. Hinter der Tür fanden wir dann die kaputte Gefriertruhe und ich Idiot hab sie aufgemacht. Das war das Schrecklichste, was mir in meinem bisherigen Leben widerfahren ist. Nicht bloß der Anblick. Auch der Gestank. So etwas habe ich noch nie erlebt. Ich hab mich sofort übergeben.« Im Gesicht des jungen Elektrikers spiegelt sich das erlebte Grauen und er genehmigt sich zur Beruhigung ein Pils.

»Hat Frau Hansen etwas gesagt?«, hakt Sophie nach. »Oder ihre Tochter?«

»Nein, Lara ist völlig durch den Wind und nur noch am Flennen. Und ihre Mutter . . . die sitzt wie versteinert in der Küche und spricht kein Wort mehr. Ich sag Ihnen, die hat gewusst, was in dieser verdammten Truhe ist, darum wollte sie auch nicht, dass ich dort rein gehe . . .«

44

Birte Hansen sitzt reglos in ihrer Küche und starrt auf die Tischplatte vor sich. Erst als Sophie sich zu ihr setzt, blickt sie hoch.
»Sie sind die Kommissarin, nicht wahr? Von der Kripo.«
»Ja. Wollen Sie mir erzählen, was hier los ist?«
Die Gastwirtin schüttelt den Kopf. »Von Wollen kann keine Rede sein. Aber ja, irgendwann muss es raus. Alle Geheimnisse kommen irgendwann ans Licht. Meines hat nun seinen Zweck erfüllt . . . vielleicht war dieser Stromausfall ein Wink des Schicksals – als ob es mir sagen wollte, Birte, es ist nun Zeit für die Wahrheit . . .«
»Das denke ich auch«, stimmt Sophie ihr zu.
»Erzählen Sie einfach von Anfang an.«
»Soviel gibts da nicht zu erzählen. Die Leiche in der Gefriertruhe – das ist mein Mann.«
»Der, der sie angeblich verlassen hat?«
»Ja. Karsten. Und er hat mich nicht verlassen. Mann, wär ich froh gewesen, wenn er es getan hätte. Stattdessen war er eine tägliche Plage hier auf dem Hof. Im Gastraum ebenso wie in der Scheune oder auf dem

Feld. Wir hatten ja auch einen eigenen Gemüseanbau und er war viel mit dem Trekker unterwegs. Es war widerlich. Er hatte begonnen, meine Mädchen – unsere Töchter – auf eine Art anzusehen, dass ich ihn keine Sekunde mehr mit den beiden allein lassen wollte. Das ist natürlich bei so einer Gastwirtschaft nicht möglich, also sagte ich ihm, dass ich ihn eigenhändig mit der Heugabel aufspießen würde, wenn er einer von ihnen auch nur ein Haar krümmt.«

»Warum haben Sie sich nicht an die Polizei gewandt?«, fragt Sophie.

»Es war ja nichts passiert. Was hätte ich denn sagen sollen? Mein Mann guckt so geil hinter unseren Kindern her? Da wär ich doch das Gespött im Dorf gewesen, und das, wo wir als Gastwirte doch auf die Leute angewiesen sind.« Birte Hansen wiegt ihren Kopf hin und her.

»Als Lina tot im Feld gefunden wurde, wusste ich es. Ich wusste, dass die Bestie mit ihm durchgegangen war – und ich habe es ihm auf den Kopf zugesagt, hier in der Küche, mit einem Messer in der Hand. Er war von Schuldgefühlen zerfressen und er schwor mir, er würde nie wieder ein Kind anrühren. Ich wollte ihn verraten, wirklich, ich wollte es, aber ich hab es nicht geschafft. Meine Kinder und ich hätten keine Existenz mehr gehabt, die Leute hier, die hätten uns wie Ratten aus dem Dorf gejagt . . . und auf dem Nordhuus waren mehr Schulden, als es wert war. Wir hätten nirgendwo neu anfangen können. Meine Mädchen und ich, wir hätten mit nichts auf der Straße gestanden, während er alles abgestritten hätte. Also biss ich die Zähne zusammen und hoffte, dass er sein Versprechen halten würde.«

»Aber das tat er nicht«, sagt Sophie.

Birte Hansen nickt traurig.

»Als das zweite Mädchen starb, war mir klar, dass ich etwas unternehmen musste. Dieser Mann war ein Monster und eine Gefahr für uns alle. Also lockte ich ihn in den Keller, schlug ihm mit 'ner Axt den Schädel ein und verfrachtete ihn in die Gefriertruhe. Danach schloss ich diesen Teil des Kellers ab. Für immer. Ich habe ihn nie wieder geöffnet. Bis heute. Nur so waren wir sicher vor ihm.«

»Und dann?« hakt Sophie nach. »Dann sind Sie einfach zur Tagesordnung übergegangen?«

»Ja. Im Wesentlichen schon. Ich bestellte zwei neue Gefriertruhen, um sicherzugehen, dass die alte nie wieder gebraucht wurde. Dann setzte ich mich in die Küche, schnitt einen Berg Zwiebeln und flennte wie verrückt. Als die Mädchen wissen wollten, was los ist, sagte ich ihnen, ihr Vater hätte uns für eine jüngere Frau verlassen. Dieselbe Geschichte erzählte ich abends den Gästen, die nach Karsten fragten. Sie wissen, wie das ist mit dem Dorfklatsch, nach zwei Tagen wussten's alle und keiner hat mehr gefragt. Außerdem suchten ohnehin alle nach dem Mädchenmörder.« Birte Hansen legt ihre Hände flach auf den Tisch und lehnt sich zurück. »So, nun is es raus.«

Sophie betrachtet sie mit gemischten Gefühlen.

»Sie haben zugelassen, dass man Milo Asani verhaftete, der eine schwangere Verlobte hatte«, sagt sie schließlich. »Sie wären die Einzige gewesen, die ihn vor einem Leben im Gefängnis bewahren hätte können.«

»Ich weiß, aber ich hatte doch keine Wahl. Ich war doch mitgefangen in dem ganzen Schlamassel. Ich hätte den Teufel schon nach dem ersten toten Kind anzeigen müssen, dann wäre dem zweiten nichts passiert. Also war ich mitschuldig. Das machte mir Angst. Und die wurde von Tag zu Tag größer. Ich erfuhr, was mit Milos Verlobter passiert war, und ich wusste, dass dieselben Leute, die das getan hatten, auch auf meine Kinder und mich losgehen würden. Es stimmt, ich habe Asani geopfert, um uns zu retten.«

»Danke für Ihre Aussage, Frau Hansen«, sagt Sophie beherrscht. »Eines würde ich aber gern noch wissen: Warum haben Sie einen Anwalt engagiert, um Ritas Aussage zu verhindern?«

»Nun, meine Tochter war sehr sensibel, und ich wollte ihr den Stress der Befragung ersparen . . .«

»Bitte, Frau Hansen, nicht die offizielle Begründung, die der Anwalt damals vorgebracht hat – ich möchte den wahren Grund wissen.«

»Nun gut«, seufzt die Gastwirtin, »das ist jetzt auch schon schnuppe. Wissen Sie, ich konnte Jondra und ihre Schwester Fenna immer schon schlecht auseinanderhalten, weil die beiden gleich groß waren und die gleiche Frisur hatten. Aber Rita hatte damit kein Problem – Jondra war schließlich ihre beste Freundin. Als Milo an dem besagten Tag das Fleisch brachte, hatte er eines der Maas-Mädchen bei sich. Meine Rita lief hin und fragte sie nach Jondra. Daher wusste ich, dass es sich um Fenna handelte. Tja, und Rita hätte das bei einer Einvernahme auch genau so ausgesagt.«

»Aber Milo Asani konnte dieses entlastende Argument nicht für sich nutzen, weil er gar nicht wusste, welche der Schwestern er im Auto mitgenommen hatte«, ergänzt Sophie, für die sich endlich alles zusammenfügt. »Er hatte ebenfalls

Probleme damit, sie zu unterscheiden, deshalb nannte er sie beide *Lockenkopf*.«

Birte Hansen wischt sich nun eine Träne aus dem Augenwinkel.

»Es tut mir so leid . . . wegen Milo und auch wegen seiner Tochter. Sagen Sie den beiden, ich bitte um Verzeihung. Was ich getan habe, tat ich bloß, um meine Kinder zu schützen.«

Sie streckt ihre Hände vor und legt die Handgelenke übereinander.

»Sie können mich jetzt festnehmen.«

* * *

Sophie steht vor dem Nordhuus und sieht dem Polizeiwagen hinterher, der Birte Hansen aufs Revier bringt, als Thomsen sich mit seinem Landrover auf der gefrorenen Erde einparkt.

»Mensch Meerkatz, was ist denn hier los? 'Ne Leiche in 'ner Gefriertruhe? Muss die ausgerechnet an 'nem Sonntag auftauen? Wie lange lag die denn schon da drin?«

»Zwanzig Jahre.«

»Nee . . .«

»Doch. Bei der Leiche handelt es sich um den ehemaligen Gastwirt von Arlewatt, Karsten Hansen, den wahren Mädchenmörder, den seine Frau nach dem zweiten toten Mädchen mit einem gekonnten Axthieb aus der Gesellschaft entfernt hat.«

»Heiliger Bimbam!« Thomsen schlägt sich mit der flachen Hand auf die Stirn. »Und niemand hat ihn seither vermisst?«

»Scheint so. Es dachten wohl alle, er ist mit seiner Neuen durchgebrannt.«

»Ja, in Arlewatt vielleicht. Aber was ist mit den Behörden?«

»Keine Ahnung, vielleicht gingen sie davon aus, dass er untergetaucht ist, um sich vor den Alimenten zu drücken«, mutmaßt Sophie. »Da wär er nicht der Erste.«

»Mann, das ist echt der Wahnsinn!«

»Ja. Wir sollten es Maren sagen.«

»Oh ja, das sollten wir. Soweit ich weiß, packt sie gerade ihre Sachen zusammen. Maike wollte sie später zum Bahnhof bringen.«

Beherzt zieht er sein Mobiltelefon aus der Jackentasche und wählt die Nummer seiner Frau.

»Schatz? Ist die Maren noch bei dir? Ah, ihr seid schon auf dem Weg zum Bahnhof. Sie soll nicht einsteigen . . . nee, setzt euch in das Bahnhofscafé, ich komme auch hin und erkläre euch alles . . . ja, natürlich ist es wichtig. Glaube mir, sie wird noch dankbar sein, dass sie den Zug verpasst.«

Man sieht nur mit dem Herzen gut . . .

Antoine de Saint-Exupéry

Eine Woche später

Weihnachen

45

Während Taako mit Nils den Weihnachtsmarkt besucht, macht sich Sophie daran, den Tannenbaum zu schmücken. Um in die richtige Weihnachtsstimmung zu kommen, spielt sie eine CD mit Weihnachtsliedern ab und gönnt sich einen heißen Orangenpunsch, den sie selbst zubereitet hat.

Otello hat sich zwischen den Kisten mit Weihnachtsschmuck ausgestreckt und verfolgt das Treiben seines Frauchens mit halb geschlossenen Augen.

»Das ist unser erstes Weihnachten als Familie, mein Liebling. Hättest du dir das gedacht? Wir beide mit Mann und Kind? Das fühlt sich richtig nach Zuhause an, findest du nicht?«

Sie geht vor ihm in die Hocke und krault ihn liebevoll.

»Nun ja, und mit Schwiegermutter . . . aber nichts im Leben ist zu hundert Prozent perfekt.«

Die Türglocke schellt und Sophie richtet sich wieder auf. »Tja, mein Süßer, wenn man von der Sonne spricht . . . nun, immerhin läutet sie jetzt an.«

Von dem köstlichen Punsch beschwingt öffnet Sophie die Tür, doch vor Schreck wäre ihr beinahe der Pott aus der Hand gerutscht.
»Motte! Was machst du hier?«
»Ich möchte mit euch Weihnachten feiern! Darf ich?«
Sie fällt Sophie um den Hals und erstickt so jeglichen Widerstand.
»Jetzt komm mal rein, es ist echt eisig da draußen.«
»Lasst ihr mich auch noch mit rein?«, ertönt plötzlich eine vertraute Stimme hinter ihnen. Taakos Mutti, vermummt wie ein Extrem-Bergsteiger, eilt auf die Haustür zu. »Wat dat wieder für 'n Weihnachten sein soll«, flucht sie. »Scheißkalt und keine einzige Schneeflocke!«

»Das ist aber 'n schöner Baum«, lobt sie, als sie die große, kräftige Tanne im Wohnzimmer sieht und beginnt sofort, den Weihnachtsschmuck aus den umliegenden Boxen aufzuhängen.
Sophie schiebt ihre Nichte, die mithelfen will, kurzerhand in die Küche.
»Dir ist schon klar, dass ich jetzt wieder mit deiner Mutter telefonieren muss!«
»Ja«, gibt Motte unumwunden zu. »Aber das ist mir lieber, als dass ich mit ihr Weihnachten feiern muss.«
Sophie verzieht das Gesicht. »Jetzt sag schon, was ist bei euch los?«
»Krieg ich 'n Punsch?«
Sophie verdreht die Augen.
»Der ist mit Rum.«
»Eben.«
»Okay, 'nen halben. Aber jetzt erzähl.«

»Sie hassen sich. Mama und Papa. Ich denke, sie lassen sich scheiden.«
»Ach, das tut mir aber leid.«
Motte zuckt die Schultern. »Mir nicht. Eigentlich bin ich sogar froh, wenn sie es tun. Dann bleiben mir die dauernden Streitereien erspart. Mama war ja immer schon zynisch, aber jetzt fliegen nur noch die Fetzen.«
»Und deinem Bruder, wie geht's dem damit?«, will Sophie wissen.
»Floh ist anders. Er lebt nur für sich. Obwohl er erst zwölf ist, verbringt er den ganzen Tag in seinem Zimmer. Hat Mama dir gesagt, dass er Asperger hat?«
»Nein. Ist das nicht . . .?«
»Ja, eine Form von Autismus. Er kann gut mit Zahlen, hat aber massive soziale Defizite, die hauptsächlich ich ausbaden darf . . .«
»Oh«, sagt Sophie und legt einen Arm um ihre Nichte. Gleichzeitig kann sie sich gegen die aufkeimende Schadenfreude nicht erwehren. Steht also ihrer ach-so-perfekten Schwester eine Scheidung ins Haus.

Eine Christbaumkugel kracht zu Boden und ein erschrockenes Maunzen folgt. Sofort beginnen Mottes Augen zu leuchten und sie läuft ins Wohnzimmer.
»Otello!«
Als Sophie hinterherkommt, liegen die beiden schon zu einem Knäuel vereint auf dem Boden.
»Mensch Kleene«, schimpft die Oma, »du bist doch keine vier mehr. Hilf mir mal mit dem ganzen Tüddelkram hier.«

Nils' Augen leuchten, als er den festlich geschmückten Baum erblickt, aber noch mehr, als er das Mädchen mit den schwarz-weißen Haaren entdeckt. »Motte!«

Er wirft sich mit solcher Begeisterung in ihre Arme, dass sie das Gleichgewicht verliert und beide unter dem Weihnachtsbaum landen.

»Nils!«, schimpft Taako. »Hast du völlig den Verstand verloren?«

»Schon okay«, lacht Motte. »In meinem ganzen Leben hat sich noch nie jemand so gefreut, mich zu sehen.«

Sie strubbelt dem Kleinen durchs Haar und sieht dabei so glücklich aus, dass Sophie sich plötzlich schuldig fühlt. Weil sie nie mit ihrer Schwester klarkam, hatte sie sich auch nie für ihre Nichte interessiert. Das war Motte gegenüber nicht fair, und sie wird es fortan ändern.

Das elektronische Möwengekreisch, das plötzlich aus ihrer Handtasche ertönt, nervt sie an einem Tag wie heute. Als ihr Blick aufs Display fällt, verziehen sich ihre Mundwinkel ganz von selbst nach unten. *Nora Schaaf.* Offenbar weiß ihre Schwester nun, wen sie anrufen muss, wenn sie ihre Tochter vermisst. Sie würgt den Anruf ab und schickt ein paar klare Worte mittels SMS hinterher.

Motte ist hier, es geht ihr gut. Rest besprechen wir morgen.

Dann dreht sie ihr Handy ab, in dem wohltuenden Wissen, dass nichts und niemand nun ihr erstes Weihnachten mit ihrer eigenen Familie stören kann.

46

»Mach doch mal 'n Foto«, bittet Jasper und posiert mit seiner kleinen Tochter im Schneidersitz neben der neuen Eisenbahn. Sie funkelt in allen Farben und spielt Weihnachtslieder, während sie im Kreis fährt.
Jingle bells jingle bells jingle all the way . . .
Die kleine Nelli blickt mit großen Augen auf die Lichter, während ihr Papa begeistert mitsingt. Billi knipst und setzt sich anschließend dazu.
»Ich kann gar nicht dankbar genug sein«, sagt Jasper und drückt ihre Hand. »Letztes Jahr war ich noch ein hoffnungsloser Fall und nun habe ich eine Familie. Dank dir.«
»Ach, quatsch«, lacht Billi. »Ich hatte Glück, dass du noch zu haben warst. So ein lieber Kerl wie du hätte mir leicht weggeschnappt werden können.«
»Jetzt redest aber du Quatsch«, meint Jasper ganz verlegen.
Ella steht plötzlich vor ihnen.
»Stört's, wenn der Sven heute mit uns isst?«
»Der Sven? Welcher Sven?« Jasper blickt irritiert hoch. Warum in aller Welt muss seine Mutter diesen wunderbaren Moment zerstören?

»Mensch Junge, der Sven, der seit über 'nem Jahr hier auf dem Campingplatz wohnt und sämtliche Reparaturen für uns durchführt, für die du keine Zeit mehr hast.«
»Der Döring?«
»Genau der.«
Jasper verzieht das Gesicht. »Und deshalb muss er an Weihnachten mit uns essen?«
»Nee, muss er nicht. Aber ich will ihn einladen. Der hat doch sonst niemanden.«
»Ach«, grummelt Jasper, der den Döring noch nie leiden konnte. Er war ihm schon ein Dorn im Auge, als er hier ankam. Seine Mutter half ihm mit einem Wohnwagen und einem Job aus, nachdem seine Frau ihn rausgeschmissen hatte. Damals dachte er, der Winter wird ihn schon wieder vertreiben, doch Döring hatte sich als zäher Hund erwiesen. Inzwischen ist bereits der zweite Winter angebrochen, mit Temperaturen weit unter Null, und er ist immer noch hier.
»Also, für mich ist das voll okay, niemand sollte an Weihnachten allein sein«, tut Billi ihre Meinung kund.
Jasper zuckt die Schultern und wendet sich wieder seiner kleinen Tochter zu. Dieses entzückende Geschöpf ist viel zu niedlich, als dass er noch einen weiteren Gedanken an Döring verschwenden möchte.

* * *

Thomsen öffnet eine Flasche Sekt, schenkt die Gläser großzügig voll und prostet seiner Frau zu.
»Was ist nun mit deiner Schwester?«
»Hat abgesagt«, ärgert sich Maike. »Sie meinte, sie kann sich nicht aufraffen. So 'ne blöde Ausrede hab ich überhaupt noch nie gehört. Wer bitte kann sich nicht aufraffen? An Weihnachten!«
»Peet und seine Frau kommen auch nicht«, erwidert Thomsen. »Die kleine Merle hat die Windpocken. Keine Sorge, sie ist gesund und munter, aber voller Pusteln.«
»Nee, oder?«, erwidert Maike verblüfft.
»Doch«, bekräftigt Thomsen. »Peet hat mich vorhin angerufen.«
»Also sind wir allein?«
»Ganz allein.« Thomsen nimmt ihre Hand und schenkt ihr ein breites Lächeln. »Und ich kann dir gar nicht sagen, wie sehr ich das genieße. Ich schlage Folgendes vor: Wir trinken mindestens noch eine Flasche von diesem Schampus, und dann lass ich uns die Wanne ein . . .«
»Oh ja«, unterbricht Maike und ihre Augen beginnen zu leuchten. »Das ist eine wundervolle Idee. Ich bin dabei. Es geht doch nichts über ein gemeinsames Schaumbad mit Kerzen und Weihnachtsmusik.«
»Vergiss Santa Claus nicht, Schätzchen! Der erfüllt dir heute jeden Wunsch. Hohoho . . .« Er wackelt so kess mit dem Po, dass die Hose ganz von selbst hinunterrutscht.

* * *

Svenja ist von ihrer Familienfeier, die bereits mittags begann, nach drei Stunden in ihre Wohnung zurückgekehrt. Bei vier Schwestern, drei Brüdern und insgesamt elf Nichten und Neffen kommen nicht bloß viele Menschen zusammen, sondern auch jede Menge Lärm und Emotionen.

Sosehr sie sonst die Zeit mit ihrer Familie genießt, heute fühlte sie sich dem ganzen Trubel nicht gewachsen. Sie half ihrer Mutter in der Küche, schützte dann Kopfschmerzen vor und verabschiedete sich schon bald nach dem Essen.

Nun liegt sie seit Stunden auf ihrer Couch, guckt kitschige Weihnachtsfilme und futtert zwei Tage alte, kalte Futjes gegen den Liebeskummer, der sich nicht und nicht vertreiben lassen will.

Als es nach Einbruch der Dunkelheit plötzlich an der Tür klopft, macht ihr Herz einen Satz. Ob das Ralf ist? Ist er tatsächlich am Weihnachtsabend mit seinem Porsche von Hamburg nach Husum gebraust, um sie zu überraschen?

Mit klopfendem Herzen tappt sie zur Tür und öffnet sie einen Spalt.

»Ach, du bist's«, sagt sie enttäuscht, als sie ihren Ex-Freund erkennt.

»Ja«, bestätigt Okko überflüssigerweise und hält eine Tüte hoch. »Ich dachte, ich bring dir 'n paar Flaschen selbst gemachten Punsch.«

Sie nimmt das Geschenk mit einem gemurmelten »Danke« und will die Tür wieder schließen.

»Und entschuldigen wollt ich mich auch«, setzt er hinzu. »Ich war ein Idiot. Hier, sieh mal.« Er zeigt ihr auf seinem Handy ein Foto von einem traumhaft schönen Kachelofen.

»Der steht jetzt an der hinteren Wohnzimmerwand, hab ich letzte Woche setzen lassen. Auf Kredit. Der bringt den Raum auf über dreißig Grad!«
»Dreißig Grad?«, wiederholt Svenja beeindruckt.
»Ja, also falls du mal einen Punsch mit mir dort trinken möchtest, musst du nicht mehr frieren«, verspricht er mit einem verlegenen Lächeln.
»Vielleicht komm ich mal drauf zurück«, bleibt sie vage und zieht sich neuerlich zurück.
Doch Okko setzt noch mal nach.
»Mensch, Svenja, du siehst echt Scheiße aus. Wollen wir den Punsch jetzt gleich trinken?«
Sie überlegt einen Moment. Warum nicht? Dieser Tag kann schlimmer nicht mehr werden.
»Okay, komm rein.«

47

Von ihrem Ersparten ist nicht mehr viel übrig, aber ein kleiner Weihnachtsbaum und ein paar Kerzen müssen sein. Liebevoll verziert sie die kleine Tanne mit Strohsternen und Lametta. Schon seit heute Morgen ist sie emsig am Aufräumen, Putzen und Kochen. Begleitet von gefühlvoller Weihnachtsmusik geht ihr alles leicht von der Hand.

Wie überhaupt alles leicht ist, wenn man den Kummer aus dem Herzen vertrieben hat. Wenn man die Menschen, die man liebt, froh und glücklich sehen kann. Wenn man spürt, dass nun alles gut werden wird.

Aus der Küche duftet es nach Zimt und Orangen, und wie jedes Mal, wenn sie den Punsch umrührt, kostet sie auch davon. Er schmeckt fruchtig und süß. Voller Vorfreude nimmt sie zwei Tassen mit weihnachtlichen Motiven aus dem Schrank. Schon bald wird sie sie füllen.

Sie blickt auf die Uhr. Ein wenig Zeit bleibt ihr noch, Zeit, die es zu nutzen gilt. Auf dem Küchentisch liegt das Geschenk bereit, dem bloß noch die Verpackung fehlt. Mit viel Liebe hat sie ein Fotoalbum gestaltet. Von ihren ersten Monaten bis zu ihrem

Schulabschluss und dem darauffolgenden Studienbeginn sind darin ihre ersten zwanzig Lebensjahre dokumentiert. Lustige Anekdoten hat sie eigenhändig neben und unter den Fotos notiert.

Natürlich kann das ein Leben nicht ersetzen. Nichts von alledem ist nachholbar. Aber durch Erzählungen, Bilder und auch Videos, die sie schon herausgesucht hat, wird sie versuchen, die Vergangenheit so erlebbar wie möglich zu machen.

Zwanzig Jahre. Er hat ihr gesamtes Leben verpasst und sie hat noch nie das Gefühl gekannt, einen Vater zu haben. Ob sie diese Kluft überwinden werden? Ob sich das Zusammensein mit ihm jemals vertraut anfühlen wird?

Sie blättert durch die Seiten des Albums. Als sie spürt, wie ihr wehmütig ums Herz wird, klappt sie es zu und wickelt es in eine hübsche Folie. Sie muss nach vorn sehen. Nicht den Jahren nachtrauern, die sie verloren hat, sondern sich auf jene freuen, die noch vor ihr liegen. Die nächsten zwanzig Jahre ihres Lebens und hoffentlich noch viele, viele mehr, die sie von nun an gemeinsam erleben werden.

Als sie die Schleife an dem Päckchen befestigt, klingelt es an der Tür.

Er ist pünktlich auf die Minute.

Ihr Herz klopft nun bis zum Hals. Schnell legt sie das Geschenk unter den Baum und atmet noch einmal tief durch. Dann eilt sie zur Tür und zieht sie weit auf.

In voller Größe steht er vor ihr, in einer dicken Winterjacke, die ihn mächtig wirken lässt. Er zieht sich die Mütze vom Kopf und lächelt sie mit verstrubbelten Haaren, die nun in alle Richtungen abstehen, ein wenig verlegen an.

Sie umarmt ihn sofort.

Als sie spürt, dass er ihre Umarmung erwidert, schmiegt sie sich innig an ihn.

»Hallo Papa«, flüstert sie.

Nachwort der Autorin

Liebe Leserinnen und Leser,

an dieser Stelle möchte ich mich sehr herzlich für die Unterstützung bei meinen Freunden, Testlesern und Lektoren sowie den Experten der Kriminalistik und der Medizin bedanken – und natürlich bei Ihnen, liebe Leserinnen und Leser!

Als Autorin freue ich mich, wenn ich Ihnen ein paar spannende und unterhaltsame Stunden bescheren konnte.

Wenn es Ihnen gefallen hat, würde ich mich über eine Rezension bei Amazon sehr freuen. Ein großes **DANKE** all jenen, die sich kurz Zeit nehmen und ein paar Worte schreiben!

Für jene, die wissen wollen, wie es mit Rüde, Meerkatz & Co weitergeht und auch über alle anderen Neuerscheinungen informiert werden wollen: Besuchen Sie meine Website und tragen Sie sich für den Newsletter ein.

www.anneamrum.de

Einmal im Monat erhalten Sie dann spannungsgeladene Post!

Anne Amrum, Mai 2023

www.anneamrum.de
E-Mail: moin@anneamrum.de

Es geht spannend weiter ...

Der zwölfte Fall der Küsten-Kommissare
NORDSEE ÜBEL von
Anne Amrum

TATORT NORDSEE

Der umstrittene Promi-Musiker ShEG wird schwer verletzt neben seinem Boot gefunden. Die Rettungskräfte tun ihr Möglichstes, doch Erck Schwarting, wie er mit bürgerlichem Namen heißt, stirbt auf dem Weg ins Krankenhaus.

Noch bevor die Ermittlungen richtig anlaufen, wird sein Tod in diversen sozialen Medien regelrecht gefeiert und das Team der Kripo Husum muss entsetzt feststellen, dass ShEG für etliche Gruppierungen im Netz ein Feindbild war. War der Angriff auf den Musiker die Eskalation unzähliger virtueller Anfeindungen oder steckt etwas völlig anderes dahinter?

In Nordsee Übel, dem zwölften Küstenkrimi der Bestseller-Autorin Anne Amrum, ermitteln die Nordsee Kommissare wieder auf Hochdruck, um einen abscheulichen Mordfall aufzuklären.

Erhältlich auf AMAZON!

Wie alles begann ...

Der erste Fall der Küsten-Kommissare

NORDSEE MORD von Anne Amrum

TATORT NORDSEE

Die sechzehnjährige Inga wird tot im Husumer Watt aufgefunden. Die jugendliche Tote ist ein beliebtes Mädchen aus dem Ort. Ein tragischer Selbstmord, davon ist Hauptkommissar Rüdiger Thomsen überzeugt.

Doch seine neue Kollegin Sophie Meerkatz wittert ein Verbrechen und beginnt unangenehme Fragen zu stellen. Als kurz darauf die beste Freundin der Toten vermisst wird, gerät auch Thomsens Überzeugung ins Wanken. Denn die Mutter der Vermissten ist eine alte Vertraute ...

Die Situation spitzt sich zu, als es in der Bevölkerung zu brodeln beginnt. Ein Sündenbock ist schnell gefunden. Doch liegt überhaupt ein Verbrechen vor und ist der Verdächtige auch tatsächlich der Schuldige? Und wo steckt das vermisste Mädchen?

Im ersten Teil der spannenden Nordsee-Reihe prallen Welten aufeinander:

Emanzipierte Emsigkeit aus der Hauptstadt trifft auf die Gelassenheit des Nordens. Mit Engagement und Leidenschaft für ihren Job tritt Kommissarin Sophie Meerkatz gegen die Vorbehalte ihres neuen Chefs an und scheut auch nicht davor zurück, zu drastischen Maßnahmen zu greifen.

Erhältlich auf AMAZON!

Printed in Dunstable, United Kingdom